新时代的青春之歌

黄文秀

林超俊◎著

广西人民出版社

图书在版编目（CIP）数据

新时代的青春之歌：黄文秀／林超俊著．— 南宁：广西人民出版社，2020.5（2024.11 重印）
ISBN 978-7-219-11014-0

Ⅰ．①新…　Ⅱ．①林…　Ⅲ．①报告文学—中国—当代
Ⅳ．①I25

中国版本图书馆 CIP 数据核字（2020）第 072977 号

出 品 人　唐　勇
策　　划　韦鸿学　周　莉
责任编辑　姚龙生　梁凤华
责任校对　周月华　覃丽婷　覃结玲
封面设计　唐　峰［广大迅风艺术］
版式设计　陈晓蕾

出版发行　广西人民出版社
社　　址　广西南宁市桂春路 6 号
邮　　编　530021
印　　刷　广西民族印刷包装集团有限公司
开　　本　787 mm × 1092 mm　1 / 16
印　　张　16.5
字　　数　225 千字
版　　次　2020 年 5 月　第 1 版
印　　次　2024 年 11 月　第 3 次印刷
书　　号　ISBN 978-7-219-11014-0
定　　价　48.00 元

黄文秀同志研究生毕业后，放弃大城市的工作机会，毅然回到家乡，在脱贫攻坚第一线倾情投入、奉献自我，用美好青春诠释了共产党人的初心使命，谱写了新时代的青春之歌。广大党员干部和青年同志要以黄文秀同志为榜样，不忘初心、牢记使命，勇于担当、甘于奉献，在新时代的长征路上做出新的更大贡献。

——习近平总书记对黄文秀同志先进事迹作出重要指示

扶贫之路就像一条长征路，无论多么艰难，我都会坚定不移地走下去。

——黄文秀

青春最好的开端，在于既仰望星空又脚踏实地。作为新时代的新青年，要用自己的青春热血去奉献祖国，用自己一点一滴的行动去建设祖国。新的时代已经到来，中国之青年必将奋发有为，以青春之我，成就青春之中国！

——作者题记

序

总书记的感动和牵挂

2020年元旦前夕，北京。

新年的钟声就要敲响，在辞旧迎新之际，亿万听众、观众都在期待一个激动人心的声音。自2013年12月起，习近平总书记已经连续7年向全国和世界人民发表新年贺词。7年来，每到新年前夕，人们总会如期收到习近平总书记的新年祝福，这是美丽的“约定”，也是美好的相遇。在每一年的新年贺词中，习近平总书记始终用聊天谈心的方式说“知心话”，用群众语言讲“大白话”，每一年的新年贺词，都充满催人奋进的力量，年年有精彩、篇篇有金句。

2014年的“让老百姓过上更加幸福的生活”；

2015年的“蛮拼的”；

2016年的“让几千万农村贫困人口生活好起来”；

2017年的“大家撸起袖子加油干”；

2018年的“幸福都是奋斗出来的”；

2019年的“我们都是追梦人”……

这些话语平实而温暖，充满新气象、新希望。

★本页右上角的向日葵为黄文秀亲手绘制。黄文秀是个多才多艺的新时代新青年，在书法、绘画、音乐等方面均有一定的基础和积累。

习近平总书记每一年的新年贺词一经发布，其脍炙人口的金句就迅速走红，引发无数人的共鸣，并且成为激荡人心的奋斗旋律。

2019年12月31日晚上7点，习近平总书记通过中央广播电视总台和互联网发布2020年新年贺词。这一年来，哪些人和事感动了我们？我们为谁喝彩？我们被谁感动？我们仔细聆听着习近平总书记的新年贺词，他说道：

> 一年来，许多人和事感动着我们。一辈子深藏功名、初心不改的张富清，把青春和生命献给脱贫事业的黄文秀，为救火而捐躯的四川木里31名勇士，用自己身体保护战友的杜富国，以十一连胜夺取世界杯冠军的中国女排……许许多多无怨无悔、倾情奉献的无名英雄，他们以普通人的平凡书写了不平凡的人生。

习近平总书记2020年的新年贺词中具体讲到了3个人和2个集体，其中满含深情地讲到了黄文秀——“把青春和生命献给脱贫事业的黄文秀”。

刚刚过去的2019年，全国有300多个贫困县摘帽、1000万人以上实现了脱贫，我们的脱贫攻坚事业取得了辉煌的成就。2020年是全面建成小康社会收官之年，也是脱贫攻坚决战决胜之年。站在“两个一百年”奋斗目标的历史交汇点，中国即将全面建成小康社会的盛景举世瞩目。

习近平总书记牵挂着全国的脱贫攻坚这一伟大事业，也牵挂着黄文秀这样的扶贫干部。1989年出生、刚满30岁的黄文秀，在扶贫一线上不幸遇难。她的生命定格在了2019年夏天的那个暴风雨之夜，她的事迹感天动地！

那是怎样的一个暴风雨之夜？她经受了怎样的人生考验？她是个什么样的人？为什么习近平总书记要号召广大党员和青年向她学习？

请跟随我们，走进这位壮族姑娘的世界，仔细回望她的成长足迹，看看这位驻村第一书记是怎样“炼”成的……

目 录

Contents

第三章
19岁姑娘的心愿

第四章
北京求学的时光

第五章

隔空对话：文秀的民族文化情结

第六章

百色老区的新干部

第七章

文秀的新长征

第八章

稻田里能长出“黄金”吗？

第九章

文秀和她的“超强战队”

第十章

最后的背影

第十一章
文秀的家风

第十二章
为了文秀未了的心愿

第十三章
大家眼里的文秀

第一章

山河同悲，痛失文秀

文秀在心里默念道："暴风雨啊，快停下来吧！要不然将给这里的群众带来更大的灾难啊！"

1

无情的暴风雨之夜

突如其来的暴雨，突发的山洪，把奔走在路上的人们弄懵了。

2019 年 6 月 16 日夜晚，汽车在广西百色山间弯曲的山路上爬行着。

开车第一次遇到这样的强风暴雨之夜，文秀小心翼翼地驾驶着自己的白色汽车。黑夜笼罩着山头，暴风雨拍打着她的车。

夜，越来越黑了，是那种伸手不见五指的黑。双眼高度近视的文秀，只觉得前面的视线越来越模糊，她只能紧紧地盯着前一辆汽车的尾灯，将车子一点一点地往前挪。

这场突如其来的暴风雨令她始料未及。出门前原以为大不了就是一场大雨，反正开着车，坐在车里，雨淋不着，风吹不到，应该不会有什么问题。文秀离开家之前收到了夜间有雨的天气预报，她担心的是村里被毁坏的农田和水渠，这些基础设施可是与村民生产生活息息相关啊！

借着闪电划破夜空的亮光，她看到前后的车子排起了长队，前面的车又停了下来。趁着停车的功夫，她赶紧拿起电话，分别跟 100 多公里以外的乐业县新化镇百坭村村支书周昌战和村委主任班智华通了电话，向他们询问村里的受灾情况，并告诉他们自己在返回村里的路上受堵，但应该很快就可以回到村里。

又一阵电闪雷鸣，雨越来越大，文秀把雨刮调到最快速的一挡，可还是没能把车子挡风玻璃上的雨刮干净。车外面的雨倾盆而下，仿佛天被捅漏了一样。车灯照到的雨柱是密集而急速的，文秀感觉到车子像是被子弹猛烈地扫射一样，在狂风的席卷下，厚实的雨点猛烈地拍打在车上并发出噼里啪啦的声响。

天啊！这是怎么了？！文秀轻轻叹了一口气。

文秀看到前后被堵着，这里的山路弯曲又狭窄，只容得下一辆车子通行。既没法往前超车，又无法往后撤退，她坐在车里心急如焚。

记得高中时读到高尔基的那篇《海燕》，文章里的海燕期盼着暴风雨的到来，而且希望暴风雨来得更加猛烈一些，每次读起来她都有一种痛快淋漓的感觉，可是现在的她心情恰好相反，她在心里默念道："暴风雨啊，快停下来吧！要不然将给这里的群众带来更大的灾难啊！"

文秀打开车载广播想听听交通路况信息，但在这个深山里广播信号接收不好，只传出嘈杂的声音，什么也听不清。她心想，这里发生的事情，外面也许还不了解吧！自己作为宣传部的干部，还是人民日报社、新华社、广西日报社的通讯员，应该立即把这里的情况发送出去！于是，文秀抓起手机，透过车窗拍下了现场的视频。接着，她马上将视频发给"广西云"客户端的记者，同时也把视频发到了她的家族微信群。

这时，文秀看到手机上显示的时间已经是 17 日凌晨 0 点 10 分。她不想就这么坐在车里耗着，她想立即回到自己挂职的贫困村，那里有受灾的群众等着她。想到这里，她立即下车向现场的交警求助，告诉他们自己是乐业县的一名驻村第一书记，想要马上回到自己的工作岗位上去……

"广西云"客户端的记者收到文秀的视频信息后，迅速和她连线，虽然她的手机是通的，却始终无人接听……

亲戚、朋友们在微信里叮嘱她要注意安全，但却收不到她的回应……

百色市凌云县山洪暴发！凌云路段塌方、河水倒灌、山体滑坡，有人失联！

广西各路记者闻讯立即连夜赶赴事故现场，及时发回准确消息，之后各方面的消息也迅速地传开。第二天，焦急的人们在早间新闻和微信朋友圈里看到了这个消息：2019 年 6 月 16 日晚至 17 日凌晨，受极端天气影响，凌云

被暴雨山洪冲毁的公路（百色市委宣传部供图）

县持续出现特大暴雨，受特大暴雨引发的山洪影响，凌云县下甲镇各漏屯至伶站瑶族乡弄孟屯之间的二级公路出现多处塌方、山体滑坡、路基下沉等现象。因公路水毁严重，交通中断，当晚造成公路两端300多辆车辆滞留，暴雨造成部分人员伤亡、失联，多个路段被冲毁……

6月18日中午时分，有记者从现场发回报道：据了解，这是广西百色市凌云县多年来遭受的一次罕见的巨大山洪，九民水库管理处附近发生山体滑坡，国道212伶站瑶族乡九民村通鸿水泥厂路口至弄孟屯路段因山洪暴发造成路面严重损毁。广西壮族自治区减灾委员会、应急管理厅对百色市启动救灾应急响应，百色市以及凌云县立即成立抗洪救灾指挥部，领导组织300余名公安、武警、消防员继续搜救失联人员，百色市蓝天救援队到现场增援搜救。

截至6月19日中午12点30分，共计动员疏散群众1.2万余人，解救被困群众120余人，抢救水中车辆23余辆，转移物资一批。百色市公安局相关领导还在灾区现场组织公安民警、辅警有序开展搜救和维稳工作，相关搜救工作在紧张有序地进行中……

与此同时，在乐业县新化镇百坭村村部，村干部们聚集在一起。按照文秀的通知，原定当日上午开会商量扶贫工作进展情况，可是她却迟迟不见踪影。村支书周昌战从早上开始不断拨打文秀的电话，却一直联系不上……他们觉得这位纪律严明的第一书记的突然失联必有原因。当听说凌云县路段有山洪暴发，他们担心文秀在返回途中发生什么意外，于是就沿路寻找。

在凌云县的事故路段现场，搜救工作人员正紧张有序地进行搜救，可直到中午还是没有任何关于文秀的消息，她还处在失联的状态……

6月18日下午6点，当大家知道原来失联的一人已找到并安全回家时，所有的人都以为是文秀获救了，都松了一口气。

可是，那个人不是文秀！

半个多小时之后，救援人员在下游河道发现一具遗体，经过指纹比对，确认遇难者就是黄文秀。这个不幸的消息传来，村干部们失声痛哭起来。

村干部们记得文秀曾写下驻村日记："今天和后援单位的帮扶干部一起，到长沙屯走访贫困户。路还没有硬化，下过雨，路面泥泞有坑洼，我十分担心车子打滑。万幸，平安归来，我的车技又提升了。"

可是，文秀这次为什么不能平安归来呢？！

这样的噩耗就像刚刚结束的这场暴风雨一样，来得突然，来得迅猛，成了谁也不愿意接受的现实！

2

北师大的悲情时刻

这场暴风雨如此迅猛和狂烈地袭击着广西百色大地，也敲打着远在首都的北京师范大学（简称“北师大”）的师生们的心。全国各地的人们都在关心百色当地的受灾情况，他们和广西百色当地的群众一样，都焦急地关注着暴雨中失联的一个姑娘。

这个姑娘是谁？

她，就是黄文秀！她是北师大的优秀毕业生。

可是，大家等来的却是一个不幸的消息。

黄文秀走了，化作一朵浪花回归江河，化作一粒尘埃融入大地，化作一片花瓣飘落风中。

6 月 19 日晚，北师大的在校学生闻讯后写下追思文章，共同表达他们的哀思——师姐，一路走好！学校官方微信公众号上的悼念文章《文秀，一路走好……》当天的阅读量突破 18 万，学校官方抖音的一段相关视频，点击观看量超过 2 万。

6 月 20 日，北京师范大学向黄文秀同志治丧工作小组发去唁电，对黄文秀从百色市返回乐业县开展扶贫工作途中遭遇山洪不幸遇难，深感悲痛和惋惜！唁电称：

> 黄文秀同志在校期间勤奋好学，为人正直，热心公益，乐于助人，深受师生好评。毕业后，黄文秀同志考取了广西壮族自治区选调生，并担任扶贫驻村书记，为脱贫攻坚工作献出了自己宝贵的青春和生命。黄文秀同志是北师大人勇担使命、扎根基层、甘于奉献的优秀代表，她以

实际行动诠释了北师大“学为人师，行为世范”的校训精神和爱国进步的优良传统，是全体师生学习的楷模。

在北师大哲学学院2013级哲学与社会学硕士班级群里，老师和同学这样留言：

文秀之公心，实乃师大校友、我辈青年之榜样！追念文秀，就是在追念一种精神，一种我们这个时代迫切需要且极为珍贵的精神——为祖国事业献身的精神！

基层工作很难，总有人在做实事。崇高不远，就在身边的那些坚守者身上。文秀，是我们这个时代不可多得的实干者。

什么是青春？什么是奋斗？新时代青年人的使命是什么？主动将个人梦融入中国梦，让个人梦与中国梦同频共振，才能获得人生出彩的机会。

文秀，一个本应岁月静好的柔弱女子，义无反顾地选择了一条注定不轻松的路，她以灿烂微笑面对生活，以赤诚火热对待工作，默默地为贫困群众贡献着自己的力量。

在文秀身上，我们看到了初心与善良、实干与拼搏、使命与担当。

……

一个刚刚毕业不久的年轻人，一个远在祖国西南边陲工作的普通干部，她的突然离去紧紧牵动着北师大领导和师生们的心。一夜之间，北师大的师生们陷入了巨大的悲痛中……

6月21日，北京师范大学教务委员会副主任、校友总会副会长陈光巨，党委学生工作部学生就业与创业指导中心主任白勇，哲学学院副院长冯伟光，黄文秀的硕士导师、哲学学院副教授郝海燕动身离开北京前往广西，他们决定到百色，代表学校参加黄文秀的告别仪式，共同送黄文秀最后一程。出发前，他们饱含深情地说："去最后看一看文秀这孩子吧！"

2019 年 6 月 22 日，北京师范大学做出决定，追授黄文秀为优秀校友，号召广大师生、校友学习黄文秀对党忠诚、信念坚定的政治品格，学习她心系群众、真情为民的优秀品质，学习她担当时代责任、勇于砥砺奋斗的奉献精神，同时激励广大师生、校友树立远大理想，热爱伟大祖国，不辜负党的期望、人民期待、民族重托，为实现中华民族伟大复兴中国梦奋力谱写新时代的壮丽华章。

2019 年 6 月 22 日，黄文秀同志告别仪式在百色市殡仪馆举行（周军／摄）

3

红土地上献芳华

像一滴水回归大海。

像一个游子扑向母亲的怀抱。

像大山里默默开放的花朵，把美丽和芳香献给大地……

黄文秀是一名普普通通的青年党员，是一名平平凡凡的农村干部，是一名勤勤恳恳的第一书记，但她的事迹却感人至深，在全国各地引起了强烈反响。黄文秀因公牺牲之后，先后被《人民日报》、新华社、中央广播电视总台、《广西日报》、广西广播电视台等中央及省级媒体报道，在全社会引起了强烈反响。广大党员干部纷纷表示，要深入学习贯彻习近平新时代中国特色社会主义思想和党的十九大精神，增强“四个意识”、坚定“四个自信”、做到“两个维护”，深入开展“不忘初心、牢记使命”主题教育，广泛开展向黄文秀同志学习活动，以昂扬的精神状态和奋斗姿态，积极投身脱贫攻坚、决胜全面小康的伟大事业，勇做走在时代前列的奋斗者、开拓者、奉献者，在新时代的长征路上谱写新的华章，做出新的更大贡献。

2019 年 7 月 1 日，中共中央宣传部追授黄文秀“时代楷模”称号。2019 年 10 月 10 日，中共中央追授黄文秀同志为“全国优秀共产党员”。2020 年 5 月 17 日，黄文秀获颁“感动中国 2019 年度人物”。此外，黄文秀还被授予“全国脱贫攻坚模范”“全国道德模范”“全国三八红旗手”“中国青年五四奖章”“全国五一劳动奖章”等荣誉。

2019 年 6 月 23 日，广西壮族自治区党委宣传部追授黄文秀“八桂楷模”称号。2019 年 6 月 24 日，中共广西壮族自治区委员会追授黄文秀同志为“自治区优秀共产党员”。此外，黄文秀还被授予“广西三八红旗手”“广西青年五四奖章”“广西五一劳动奖章”等荣誉。

黄文秀的父亲黄忠杰（左）、姐姐黄爱娟（中）在“时代楷模”发布仪式现场（新华社供图）

在广西百色市，黄文秀被授予“市级优秀共产党员”“百色市三八红旗手”等荣誉，并被中共百色市委、百色市人民政府追记二等功。

深爱这片土地的人，这片土地将会给她丰厚的馈赠；为祖国事业甘洒热血的人，国家和人民不会忘记她。这正如那首著名的诗篇所写的：

他活着别人就不能活的人，
他的下场可以看到；
他活着为了多数人更好地活着的人，
群众把他抬举得很高，很高。

第二章

壮家少年在红旗下成长

文秀唱道："壮家的少年像春天的花朵，像茁壮的秧苗，沐浴着灿烂的阳光……"

1

“小小刘三姐”

1995年的夏天，在百色右江河畔的一所小学里，正在举行“六一”儿童节演出。

一个穿着朴素的小女孩走到台前，接过主持人交给的话筒，一开始她还有点紧张，紧张得忘记了事先准备的自我介绍，开口就唱，但慢慢地她就唱得轻松自如了，她唱的是《刘三姐》的片段：

唱山歌，
这边唱来那边和，
那边和……
山歌好比春江水，
不怕滩险弯又多，
弯又多……

可爱的笑容，甜美的嗓音，活脱脱一个“小小刘三姐”。她的表演博得了现场观众的阵阵掌声，老师和家长们交头接耳地议论：“这是谁家的孩子呀？怎么这么大方得体？”

台上的小女孩在唱完歌后，认真地给大家鞠躬，然后一溜烟跑下来，扑向在舞台旁边等候的父亲和姐姐。

她对父亲说：“老爸，我刚才好紧张哦！给你这个‘山歌王’丢脸咯！”

父亲竖起大拇指对女儿说："挺好的，挺好的！"

站在旁边的姐姐笑眯眯地对妹妹说："阿秀，我听到他们都夸你是'小小刘三姐'哦！"

小女孩歪着脑袋，俏皮地说："哈哈，我们家出刘三姐啦！谢谢老爸！还是老爸从小教得好！"

这时，节目主持人跑过来对他们说："老师和家长们都夸文秀同学唱得好，希望文秀同学再上台表演一个节目。"

文秀说："报告主持人老师，我唱得还不是很好，我爸爸唱得才叫好。他是'山歌王'哦！我姐姐也唱得好。"

主持人说："哦！那好啊！那请你和你爸爸，还有姐姐一起上台演出。"

主持人领着他们三人一起走到台上，向观众介绍道："这位就是刚才唱《刘三姐》的黄文秀同学，我们邀请她和她的爸爸、姐姐一起给我们表演节目，大家掌声欢迎！"

文秀给观众们鞠躬之后说："刚才我太紧张了，忘记自我介绍了。我的名字叫黄文秀，是刚刚入校的一年级学生，我们是从巴别山区搬迁来到附近居住的搬迁户。我爸爸是'山歌王'，我是听着他的山歌长大的。这位是我的姐姐黄爱娟，我的名字就是她起的。"

台下的观众听到文秀这么一说，才知道原来他们是易地搬迁的贫困农民家庭，于是大家都期待着这一家人会表演什么节目。

主持人问："下面你们给大家带来什么节目呀？"

文秀恭敬而期待地望着爸爸。

爸爸说："我们家能有今天，要感谢党和政府的关怀，所以我们就唱那首《唱支山歌给党听》吧！"

文秀和姐姐应声道："好！"

接着，三个人配合默契地唱着，台下的观众打着节拍也跟着唱起来。熟悉的旋律、动听的歌声，回荡在校园里……喜爱唱歌的文秀成为师生们喜欢的“小小刘三姐”，她就在这里度过了她的童年时光。

在小学同学覃柳丹的印象中，文秀是个爱学习、爱看书的女孩，是每天最早来到教室的孩子，而且最爱坐在前排听课。下课后，文秀就会拉起覃柳丹往校外的书店跑。由于家里没有钱购买书籍，文秀总会和覃柳丹到广场的书店看书。文秀看的书比较多，记性又好，懂的东西很多，覃柳丹凡是有问题要问文秀时，文秀总是有问必答，而文秀对别的同学问的问题也总是耐心解答，成为班里的“智多星”。

文秀的老家在田阳县（今田阳区）巴别乡，那是田阳、田东与德保三地交界的偏远山乡。父亲到县城务工后，他们全家才搬迁到县城绢纺厂附近的村子居住，因此文秀和哥哥姐姐才得以来到县城就近入学，从而彻底改变了他们兄妹三人的读书环境。

在文秀心里，只有小学文化的老父亲是有眼光的，这个全家搬迁出来的决定，让爱读书的她来到了一个相对好的读书环境，就像春天的花朵得到了阳光、雨露的浇灌一样，让她得以茁壮成长。文秀非常珍惜这样的上学机会，所以她经常是第一个来到教室的孩子。

有同学问文秀，为什么这么勤奋呀？文秀笑哈哈地唱起了《读书郎》：

小嘛小儿郎，
背着那书包上学堂，
不怕太阳晒，
也不怕那风雨狂，
只怕先生骂我懒哟，
没有学问哪无颜见爹娘……

看到同学们跟着哼唱，文秀接着又唱起了那首父亲在她小时候经常教她唱的歌——《壮家少年在红旗下成长》：

红艳艳的木棉在南疆开放，
壮家的少年在红旗下成长。
教室里，操场上，
好好学习，天天向上。
心儿红，身体壮，
革命重任我承当。
啊……
壮家的少年像春天的花朵，
像茁壮的秧苗，
沐浴着灿烂的阳光……

这也是文秀喜欢哼唱的歌曲之一，她觉得这首歌曲仿佛是为她谱写的一样，每一句歌词都唱出了她的心声。唱着这首歌，她仿佛就是歌里唱的“红艳艳的木棉”，又像是“茁壮的秧苗”，沐浴着灿烂的阳光，在美丽的壮乡，肩负着人民的重托与希望。聪明可爱的文秀被老师和同学们誉为“小小刘三姐”。放学后，文秀总和同学们一起放声歌唱，他们的歌声在右江河畔的校园上空久久回荡……

2 有胆量的女孩

同学们都记得文秀经常说的一句话：“怕啥？我是打不死的小强！”

黄盛松是文秀的初中同学，与文秀是一个宿舍上下铺的室友。记得一天上晚自习时，天气转冷，黄盛松肚子痛，身体发冷不舒服，但因为宿舍楼道太黑，黄盛松不敢回去拿衣服。细心的文秀知道后，就趁着下课的时间，悄悄跑回宿舍拿衣服给黄盛松。黄盛松惊讶地问：“大晚上的宿舍这么黑，你不害怕吗?”文秀微微一笑说：“哈哈哈！这有什么好怕的，不怕呀！”

那时，文秀的家建在一个荒坡上，附近是荒山野岭，有很多野坟堆，她家旁边有一条通向山上的小路，这条小路是村里平时出殡的必经之路。文秀平时走路都带着小跑，因此就被一些调皮的小男孩开玩笑说她“鬼上身”，也有些女同学为此不敢靠近她，甚至排挤她，可文秀从不生气，依然把微笑挂在脸上。

如今的黄盛松已经是两个孩子的妈妈，当她回忆起这些往事时，心里对文秀依旧有着深深的思念，也充满着由衷的敬佩。黄盛松觉得文秀为同学回宿舍取衣，其实是文秀心里装着同学的表现。当同学有求于文秀的时候，文秀都会想尽办法去帮助同学，平时和同学们交往文秀也始终保持着这样一颗火热与友善的心。

3 有爱心的女孩

在文秀小时候居住的村里，山脚下有一个孤寡老奶奶长期独居。细心的文秀发现后，就经常组织同学一起去看望老奶奶，有时去给老奶奶打扫卫生，有时去帮老奶奶挑水洗衣服。有一次，文秀发现老奶奶总是吃素，不舍得买肉吃，她就决定跟几个同学一起凑钱给老奶奶买肉。刚开始她们好不容易凑到了 2 块钱，觉得钱有点少，她就回去缠着父亲要了 1 块钱，另外一个同学黄莹又多拿出了 1 块钱，最终她们买了 4 块钱的猪肉去看望老奶奶，那天老奶奶高兴得不得了。

后来由于各种原因，同学们很少去看望老奶奶了，只有文秀依然坚持经常去看望老奶奶，安静地倾听老奶奶聊着自己的事情。文秀希望能和老奶奶多说说话，不至于让老人家那么孤单寂寞。

文秀老家的村子附近有一个砖瓦厂，厂里的老陆家有一个聋哑孩子名叫陆丽群，现在已经成家当了妈妈。在我的采访中，陆丽群表达了对文秀的怀念，她心里充满着对文秀的感激，正是因为有了文秀的热情鼓励和陪伴，才让她有了继续前行的勇气和希望。

当时她们所住的乡镇没有聋哑学校，陆丽群只能一个人孤零零地待在家里，眼巴巴地看着同龄人高兴地去上学。文秀没有嫌弃陆丽群是个聋哑人，她放学后会经常抽空和同班的覃柳丹去陆丽群家，陪陆丽群一起玩耍。起初，文秀和覃柳丹都不会手语，于是文秀就自创了一套手语和陆丽群交流。经过一段时间的交往之后，陆丽群的心情慢慢地好了起来，人也变得开朗了很多。陆丽群的父母也觉得自己的女儿变了，变得活泼可爱了。

后来，陆丽群正式去聋哑学校学习，学会了标准手语。文秀就跟着她学起了标准手语，同时还教会其他同学用简单的手语来进行表达。

4

爱提问的女孩

黄红灯是文秀初三时的班主任。

采访黄老师的当天，黄老师从手提包里拿出一堆资料打开给我看，这是他珍藏多年的学生入学手册和考试成绩登记册。翻开泛黄的 2003—2004 学年度上学期的成绩册，我在这本成绩册的第 1 页第 1 栏，看到了文秀在初中时候的成绩名列前茅。

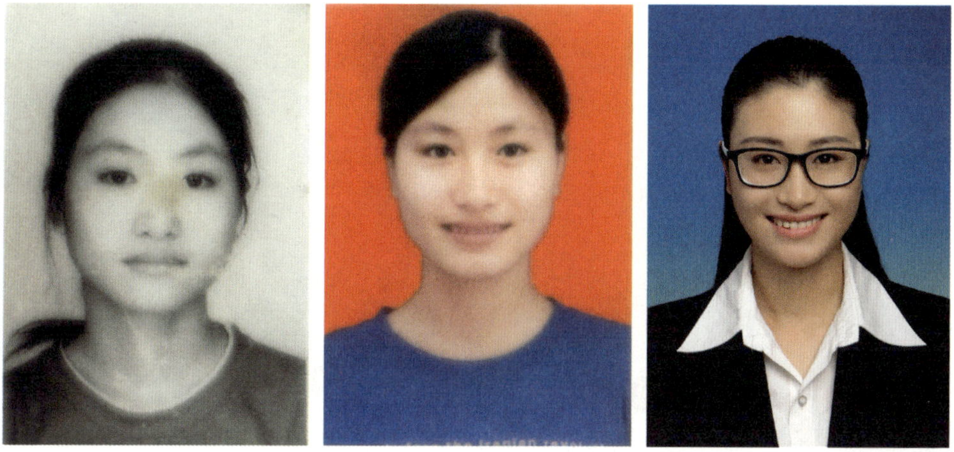

黄文秀初中、高中和大学时期的照片（黄爱娟供图）

黄老师回忆起文秀，一直夸文秀的好，说文秀上课认真，同时爱思考、爱提问，有不明白的地方下课后马上在走廊拦住老师提问和请教。

有一次上班会课，黄老师讲了如何与人相处的方法、人生的价值等内容，文秀听后感触很深，下课便和黄老师谈了自己的感想，觉得黄老师在人生价值方面讲得很好。文秀对黄老师说："您说的这些，我们一定会做到的。"这让黄老师感到很欣慰，觉得这个女孩与众不同。

文秀初中毕业后，考上了县里的重点中学——田阳高中，并成为重点班的学生。高中的几位老师说起文秀时也总是赞不绝口。文秀高一是在田阳高中 2004 级高一（6）班，文理科分班后文秀进入高二（19）班、高三（19 班）学习文科。在老师们的记忆里，文秀对待学习非常认真，上课时如果遇到不懂的问题，下课后马上"逮住"老师探讨请教，是一个勤奋好学的学生。

5

尽心的学习委员

今年 55 岁的李品忠是文秀高中时的历史老师兼班主任。在李品忠老师的印象中，虽然学生带了一拨又一拨，可文秀的开朗、乐观、友善、勤奋给他留下了深刻的印象。文秀很会替别人着想，她作为学习委员，具有为全班同学服务的良好品德，这一点一直深深地刻在老师的心中。

如果问文科生最怕哪一门功课，估计大多数学生的回答都是“数学”。文秀的数学学得如何呢？带着这个问题，我专门拜访了文秀高中时的数学老师。

韦刚是文秀上高中时的数学老师。韦刚老师坦言当时文科班的数学成绩不太好，但是文秀的数学还是挺棒的，在班里算是冒尖的，所以当时文秀被选为班里的学习委员。另外，韦刚老师印象最深的就是文秀不仅重视自己的学习，也很操心全班同学的成绩。

文秀对于学数学有自己的思考和见解，她分析了文科生数学成绩不好的原因是缺乏信心，缺乏对数学的兴趣，为此她向老师请教怎样提高全班的数学成绩，怎么能让文科生爱上数学。

通过探讨和交流，文秀提出了自己的见解：一是建议老师在课堂上多激发学生学习数学的兴趣，多请数学成绩优异的同学进行发言交流，分享自己的学习方法，通过提高同学们学习数学的积极性来提高数学成绩；二是有针对性地上课，不要单一地搞题海战术，更不能单看测试分数与排名，而是有针对性地对学生进行辅导；三是让课代表收集错得较多的题目，对这些题目进行重点难点分析；四是建议老师讲评试卷时让数学成绩优异的同学当“小老师”，成绩好的同学与成绩差的同学结成对子“一帮一”，通过这种方法提高大家的学习积极性。

文秀的这些见解得到老师的认同，有效地解决了长期困扰同学们学数学的一些难题。

韦伟德是文秀的高中地理老师，他在文秀读高三的时候接手文秀所在的班级。那个时候班里的地理平均成绩相对较低，比另一个平行班低了 15 分。文秀知道后很着急，她怀着为班级服务的理念，3 次找到韦伟德老师请教如何提高班级的地理成绩。韦伟德老师让她不要担心，说只要同学们配合老师多学、多记，成绩就一定会有所提高。在老师和全班同学的共同努力下，文秀所在的班级在高考时的文科综合平均分比另一个班级高了 4 分，终于实现了突破。

韦琳老师是一位责任心很强的老师，她是文秀高中时的政治老师。文秀高中时喜欢上政治课，而且政治成绩优异，这和韦琳老师的引导和授课方式有很大关系。有一次，韦琳老师在一堂政治课上提出了一个讨论题：梦想如何化为现实？韦琳老师让同学们进行思考，并要求同学们轮流讲讲自己的看法和见解，时间不限长短。同学们谈到自己的梦想时，要么说是赚大钱，要么说是离开家乡去其他地区发展。而文秀的发言和其他同学不同，她说自己是个山里的孩子，将来想回到家乡工作，把家乡建设好，提高这个地方的教育素质和教育水平。

下课后，文秀还和韦琳老师交流，认为当地贫穷落后、教育不发达是因为孩子们受教育的机会少，孩子们要么没机会接受优质的教育，要么没能力走出大山。她问韦琳老师为什么会出现这样的状况时，韦琳老师感到很震惊，她震惊于文秀这么小的年纪却有这么深的思考。

政治课的学习于文秀而言是伴随着对家乡现状和未来的思考进行的。“当代青年的人生坐标在哪里?”“如何搞好民族团结实现共同繁荣?”“怎样才能把贫困地区的经济搞好?”……对于这些问题所进行的思考，使文秀下课之后还会继续跟老师进行交流探讨并寻求答案。韦琳老师非常喜欢文秀这个学生。后来这个学生没有辜负老师们的期望——高考之后，文秀考取的大学本科专业是思想政治教育专业。

第三章

19岁姑娘的心愿

文秀在入党申请书中写道："只有把个人的追求融入党的理想之中，理想才会更远大。一个人要活得有意义，生存得有价值，就不能光为自己而活，要用自己的力量为国家、为民族、为社会做出贡献。"

1

山里妹子上大学了!

时间来到了2008年，这一年的中国大事连连，极不平凡。作为一名关心时事政治的高三重点班的学习委员，文秀对2008年中国发生的大事件非常关注。

2008年年初的南方雨雪冰冻灾害和“5·12”汶川地震使中国经受了两次严峻的考验。2008年8月8日晚上8时整，第29届夏季奥林匹克运动会开幕式在北京举行，这是一次提振中国士气的举世瞩目的重大活动。接着神舟七号载人航天飞船于2008年9月25日21点10分04秒从酒泉卫星发射中心发射升空。神舟七号载人航天飞船的成功发射鼓舞了全国人民，让世界震惊。

就在这一年，文秀家中也发生了两件大事：一是文秀大哥结婚，二是文秀考上了大学！这两件事对于这个贫穷家庭可谓大喜事，这让他们全家老少都乐坏了。就在这时，聪明的文秀看到了父母高兴表情背后隐藏的忧愁。的确，作为一家之主的父亲黄忠杰这时发愁了，且不说文秀上大学的学费，就连文秀去山西的路费都还没有着落——家里穷啊！

对于黄忠杰来说，年近30的大儿子马上要娶妻成亲，需要钱！小女儿去外省上大学，需要钱！年逾古稀的父母和体弱多病的妻子平时看病吃药，需要钱！低矮、破旧的房子夏不遮雨、冬不避寒，早该翻修了，也需要钱啊！

好在天无绝人之路，这一年他们家承包20亩荒地种植的芒果获得了大丰收，并卖出了好价钱。当一车车成熟的芒果运走后，换回了一张张人民币，这些钱对于文秀一家来说是一笔可观的收入。文秀的父母平时在地里干活，渴了舍不得买一瓶矿泉水来喝，干活回家后也舍不得去市场割几斤肉来犒劳自己……父母就是这么一分一毛地把钱积攒起来的。几个月后他们仔细清点，发现自家竟然从之前揭不开锅的贫穷人家，第一次成为“万元户”，全部收入达到了 1.1 万元！

喜上眉梢的同时，文秀的父亲因为各方面的巨大开支，又不得不叹气，手长袖短啊！穷人的孩子早当家，从小就会替父母干活分忧的文秀看出了父亲的苦衷，她主动提出：“阿爸，那我就……不去读大学了吧！”

没想到一向温和的父亲发火了：“你说什么话！再穷也要读书！这个大学你考上了一定要去读！钱的事我来想办法！”

父亲就是父亲，在大是大非面前总能做出正确的选择，就像当初从偏僻的巴别乡德爱村多柳屯搬迁出来那样，他一咬牙，一狠心，为了孩子的教育和成长，来到了现在居住的这个新环境。此刻，在入不敷出、捉襟见肘的抉择关头，父亲拍板决定：建房，暂缓！大儿子结婚，新事新办，节约开支！小女儿文秀上大学，刻不容缓，举全家之力支持！

饭桌上的“家庭会议”解决了家中的三大难题，大家毫无怨言，照单执行！

临行的前夜，父亲叮嘱文秀说：“你第一次离开家去到北方那么远的地方，苦就苦一点吧，但要开心地去读书，学本事！”文秀心里明白，身上带的钱都是家里省吃俭用挤出来的，父母为节约开支没法陪同自己远行，这也是没办法的，自己已经 19 岁了，往后的一切全靠自己了。文秀回应父亲说：“阿爸，请放心吧，你女儿能行的！”

2

19 岁，文秀的第一次远行

2008 年的秋天，19 岁的文秀第一次走出百色，离家远行，她跨过右江、邕江、湘江，北上越过长江、黄河，从红土地的百色来到黄土地的山西，来到了长治学院，成为这个学校政法系（现为思想政治教学研究部）思想政治教育专业的一名大学生。

文秀从百色田阳老家来到山西长治，行程 2000 多公里，可以说 19 岁的她是在不知不觉中完成了自己人生中的第一次远行。

长治学院创建于 1958 年，前身为晋东南师范专科学校，2004 年经教育部批准升格为综合性全日制普通本科高校，学士学位授予单位。这所大学所在地长治市，地处山西省东南部、太行山南段，东部与河北邯郸、河南安阳交界，西部与临汾交界，南部与晋城交界，北部与晋中交界。

“山里来的姑娘，不羞涩，很大方。”文秀的同班同学这样夸赞她。文秀在课余时间会跟大家聊广西的生活环境，她自豪地向老师同学们介绍说：“广西的山美水美，山里人都很好客。”

文秀开朗爱笑，是个似乎永远不知疲倦和没有烦恼的姑娘。长治学院政法系的杨老师对这位广西籍的大学生印象深刻：“文秀是个懂礼貌的学生，每次远远地看到我们老师，她都会大声地打招呼。”同学小李说：“她不是校园里的风云人物，但每次活动她总是第一个报名。”

刚踏进大学校门，作为一个南方来的学生，文秀对长治这座北方城市充满了好奇，后来她逐渐了解到这是一个历史悠久的地方。长治古称上党，《释名》曰：“党，所也，在于山上，其所最高，故曰上党也。”意为这个地区地高势险。相传远古时期炎帝曾在此“尝百草、识五谷、教农耕”，开创了华夏农耕文明之先河。殷商时期，古黎国在此建都，子民就是“黎民”，“黎民百姓”一词就源于此。公元前221年，秦统一六国后实行郡县制，分天下为36郡，上党郡即为其中之一。明清时期，作为晋商重要分支的潞商，在这里开创了“万里荫城，日进斗金”的铁货产、供、销产业一体化的辉煌。长治地势由西北向东南缓缓倾斜，因其险要，自古以来就是兵家必争之地，素有“得上党可望得中原”之说，长治悠久的历史文化让文秀深感兴趣。

让文秀更感兴趣的是，这座城市和她的老家百色有一个共同之处——两地都与她崇敬的邓小平有关。

也许是来自革命老区的缘故，文秀对历史尤其是革命历史人物有着浓厚的兴趣。长治这个地方在历史上曾经发生过上党战役，文秀虽然在高中历史课上学过上党战役的相关内容，但她觉得自己对此还了解不够，于是她趁开学之初的空当，专门跑到上党战役指挥部的一个旧址实地参观。来到这里，文秀被解放军的英勇故事所感动，她看到在攻城战斗即将打响的时候，担任总指挥的刘伯承、邓小平不顾个人安危，把晋冀鲁豫军区指挥所推至长治南郊北天河，直接指挥攻打长治城的战斗。作为长治学院思想政治专业的新生，文秀经过实地考察和查阅历史资料，了解到了那段峥嵘辉煌的岁月，更了解了老一辈革命家在太行山创下的丰功伟绩，这让她深感敬佩。巍巍太行山孕育出的革命英雄主义精神，光耀千秋，彪炳史册，果真是：太行精神耀长治，太行浩气传千古！

如果说，文秀以前对“上党战役”“太行精神”的理解仅仅局限于教科书，那么这次来到山西长治，经过实地考察之后，文秀对这些事物的理解更进了一步，从中也体会到了“太行精神”的实质与要义：不怕牺牲、不畏艰险；百折不挠、艰苦奋斗；万众一心、敢于胜利；英勇奋斗、无私奉献——这是中国共产党领导英雄的太行军民用鲜血和生命铸就的革命精神，这是不怕牺牲、不畏艰险的革命英雄主义精神。上党战役是解放区军民在抗日战争胜利之后，为保卫胜利果实而对国民党军队开展的一次大规模的反击战，它的胜利不仅保卫了上党地区，而且对争取和平民主的斗争也起到了重要的作用。

来到八路军太行纪念馆，文秀看到习近平同志于 2009 年 5 月 25 日在视察八路军太行纪念馆时，对太行精神做出的诠释和解读："结合新的实际与时俱进地大力弘扬太行精神，坚定正确的理想信念，始终保持对党对人民对事业的忠诚；坚持执政为民的政治立场，始终保持同人民群众的密切联系；锤炼坚忍不拔、百折不挠的品格，始终保持知难而进、奋发有为的精神状态；坚守党的政治本色，始终保持艰苦奋斗的优良作风，为推动经济社会又好又快发展提供强大精神动力。"

这些精辟的论述让文秀如获至宝，她认真地把这些论述记在笔记里。后来，文秀本科时的班主任闫建华老师跟她说："你是百色起义精神孕育出来的儿女，来到长治学院又得到太行精神滋养，广西百色和山西长治的红色血脉熔铸在你的身上，希望你做一名具有热爱祖国、无限忠诚的政治品格和不畏艰险、勇挑重任的担当精神的新时代新青年，走好自己的人生路。"

现在已经退休的长治学院原政法系教授程过富，还清晰记得这个班里唯一的广西学生。他问过文秀："你的高考成绩还是不错的，可以去读更好的大学，为什么选择来长治?"文秀大大方方地回答道："报告程老师，长治市为太行山、太岳山所环绕，构成高原地形，又称'上党盆地'，我的老家百色也是盆地，称为'右江盆地'，两者地形地貌相似，更重要的我们百色是革命老区，长治也是革命老区，都是邓小平战斗过的地方。我希望能来到这个地方学习，现在这个愿望终于实现了!"

文秀的回答大方得体又透着自信，让老师和同学们都觉得这个来自广西的小姑娘与众不同。这个出身农民家庭的女孩深知，幸福都是靠双手奋斗出来的。大一刚开始，文秀便利用周末或课余时间与几个家庭贫困的同学一起去勤工俭学，发传单、做家教、做销售……只要是力所能及的工作她都去尝试。文秀在平时的生活中非常节俭，总是节衣缩食、省吃俭用。为了节约路费，大学期间的寒暑假她很少回广西。

文秀就这样把困难埋在心里，默默努力着。文秀的大学同学李琴还记得，班里开展慰问福利院的公益活动，文秀总是忙前忙后，捐物出力，她从不谈自己的困难，班里推荐贫困补助名单，她总是坚持把名额让给其他同学。

“求真、求实、求善、求美”，长治学院的校训潜移默化地影响着这位来自百色老区的壮族女孩。

3 女大学生的芬芳誓言

“为什么这个逻辑关系会是这样？”

“为什么搞好民族团结才能实现共同繁荣？”

“学习经济学，怎样才能把贫困地区的经济搞好？”

思想政治教育专业的课程对于很多年轻人来说非常枯燥，但文秀却甘之如饴。每次下课，同学们都已经离开教室了，文秀还在与老师交流。刚刚结束入学军训，文秀便写了入党申请书，并郑重地将它交给了辅导员。她在入党申请书中写道：“只有把个人的追求融入党的理想之中，理想才会更远大。一个人要活得有意义，生存得有价值，就不能光为自己而活，要用自己的力量为国家、为民族、为社会做出贡献。”文秀坚持定期向组织提交思想汇报、心得体会，越来越坚定心中的信念。

2011 年 6 月，22 岁的黄文秀如愿以偿，加入了中国共产党。她在鲜红的党旗下举起右手庄严宣誓：“我志愿加入中国共产党……”入党当天，文秀对老师和同学们表明了心迹：“我从百色老区来到长治老区，时刻受到革命先烈精神的洗礼、浸润。”她诚恳地说：“没有党和政府的帮扶资助，没有热心人

黄文秀本科毕业时在学校的留影（长治学院供图）

士的捐助，我很难上完高中、读完大学。我选择读思想政治教育专业，选择加入党组织，都是由衷的、无悔的。”老师和同学们发现，百色和长治作为革命老区所具有的红色基因，潜移默化地熔铸了文秀坚定的信仰。这点在文秀毕业后的人生历程中得到了很好的印证，她用自己年轻而短暂的一生诠释了一名共产党员爱党敬业、忠诚担当的品格……

在四年的大学校园生活中，文秀一直刻苦学习，从刚入学时成绩平平，到大三时成绩进入班级前 10 名，再到考上北京师范大学研究生，通过自己的努力，文秀实现了一次又一次的跨越。老师和同学们也还记得，文秀在大学期间靠做兼职赚学费和零花钱，打工成了她假期生活的主要部分，到超市干促销、在街头发传单、到商场卖点读机……文秀虽然过得不容易，但她很少跟老师同学讲自己的困难，也从不主动申请助学金，而是选择自己坚强地走下去。

文秀在生活上的清贫与学习上的勤奋，给老师和同学们留下了深刻的印象。特别是考研复习期间，一个“考研杯”和一个“考研包”成为她的“标配”，图书馆、石凳上、路灯下……都留下了文秀备考的身影。文秀隔壁宿舍的同学周娟娟说：“考研期间，秀儿每天天没亮就出去学习，她不是在自习室就是在校园里的石凳上，你去这些地方找她准没错。”文秀班里的学习委员安强回忆道：“有次通知班里同学到餐厅三楼打扫卫生，由于是周末，又是早上 7 点半，很多同学都不愿意起床，但是秀儿早早就来到餐厅，而且干活认真细致，脏活累活抢着干，也不抱怨……”

在这四年 1000 多个日日夜夜里，老师和同学们对这位来自壮乡的姑娘的评价是：开朗、活泼、勤奋、坚韧。

在长治学院，文秀度过了四年的青春岁月；

在长治学院，文秀光荣地加入了中国共产党；

在长治学院，文秀考取了北京师范大学的硕士研究生；

在长治学院，文秀心中深深地种下了一颗报效祖国的种子！

4

她是一个怎样的大学生？

大学四年，是人生中最青春最美好的年华。

对于文秀而言，大学是一段奔跑的岁月，她仿佛是一个旋转的陀螺，一刻也没有停歇，她或是冲向教室、迈进图书馆，或是奔波于勤工俭学的场所，或是在运动场上挥汗如雨，又或是参加学生会、社团来丰富自己的大学生活……她，来不及有一丝的迷茫彷徨，来不及有半点的悠闲偷懒，在这段奔跑的岁月里，她在不断成长，不断丰富自我。同时，在奔跑中，她接触到更多的人，还积极、主动、自觉地融入社会。

可以说，在大学四年的岁月中，她扎扎实实地度过了人生中至关重要的岁月，圆满地完成了自己的本科学业。

长治学院，珍藏着文秀美好的青春回忆，也记录着文秀奋斗的足迹。

正如她喜欢唱的那首《隐形的翅膀》，大学赐予了她一双隐形的翅膀，让她飞越懵懂青涩的少女时光，在青春的蓝天上自由翱翔，放声歌唱；大学，又像炉中煤一样，给她无穷燃烧的力量。

在采访期间，我抽空到一些大学去和大学生讲文秀的故事，很多大学生在和我交流时会好奇地问：她是一个怎样的大学生？大学四年她是怎样度过的？

我在采访时也把这些问题抛给了她的老师和同学。

闫建华老师是文秀本科时的班主任，他这样评价文秀："文秀读大学的往事，依然历历在目。我们欣喜地看到，红色的基因在文秀身上得到了延续。文秀在长治学院就读期间就表现出了刻苦学习、信念坚定、热爱家乡、甘于奉献，从不向老师和系部提困难，她那乐于助人、关怀同学等优秀的品质，老师们有目共睹，同学们交口称赞。”

闫老师对文秀在学校的表现作出了如下评价。

在学校，文秀积极入党、对标先进。

文秀在学校期间，热情、开朗、懂礼貌，老师和同学们印象最深的就是她的笑容。她时常逗大家开心，是同学们的开心果。她也时常开导安慰同学，像个大姐姐一样善解人意。其实，大家都知道文秀的家庭是非常困难的，她外表开朗但内心却承担着很大的压力。文秀的姐姐和哥哥都在外面打工，父母常年多病，只能做一些简单的农活。她家庭困难，但是从来不主动向老师提及，是学校有关方面得知了情况后，才把她列为贫困补助的对象。就是这样她也不愿意接受，总是说还有比她更困难的同学。而她自己为了节省路费，四年的寒暑假很少回家，在假期通过打工来赚取自己的生活费，凡是能干的活，她都愿去做。

文秀善良坚韧，吃苦耐劳，艰苦的生活让她学会了谦逊与感恩。因为思想进步，表现优异，2011 年 6 月文秀光荣地加入了中国共产党。从那一刻起，她感受到了一名共产党员需要承担的责任。正是因为有了这种担当精神，文秀从北京师范大学毕业之后，才放弃大城市的工作机会，回到养育她的百色老区，参加艰苦的扶贫工作。听到这样的消息，我们长治学院的老师们都不感到意外，因为她在校期间就时常表露出要尽到党员义务，回报家乡的想法。

大四的时候，文秀参加“思想政治教育学原理”这门课的考试，从她解答其中一道分析题的答案中，我们可以看到她决心回报家乡的初心。这道考题是“一个理想主义者在贵州山村”，讲述了华中农业大学硕士研究生徐本禹放弃学籍到乡村支教的故事。文秀被徐本禹到偏远山区乡村支教的事迹深深打动，她在试卷上是这样回答的：“我认为徐本禹的人生价值选择是正确的……徐本禹用爱心点亮火把，照亮山里孩子们的未来，他的奉献精神值得我学习。”

在学校，文秀刻苦学习，重情重义。

2008 年 9 月，文秀从百色祈福高中以广西文科生源第一名的成绩考入长治学院就读思想政治教育专业。文秀当时的高考成绩是 523 分，比一本线低 5 分。当年广西二本的录取分数线是 470 分，也就是说文秀当时的高考分数线比广西当年的二本录取分数线高出了 53 分。

刚到学校的时候，由于南北方语言、环境、生活习惯等方面的差异带来的影响，文秀的学习成绩并不理想，但是她性格开朗，学习特别努力。老师们普遍反映，她的课堂笔记总是整整齐齐，写得满满的，还用红笔在旁边进行了批注。文秀的舍友也讲，因为白天上课和做兼职，她更多的是在晚上读书学习，经常学到深夜，第二天又精神满满地去上课；她上课从来都是坐在前排，听课认真，下课还时常帮老师擦黑板。经过不懈的努力，大三之后，文秀的成绩就上升到班级前 10 名。她特别喜欢和老师们交流，经常向老师们请教自己不懂的问题，聊聊课堂上讲过的内容，也常常谈到家乡的风土人情，聊广西的生活环境，言谈之间流露出对家乡的无限热爱。

通过一年的刻苦学习，在大四的最后一个学期，文秀如愿考上了北京师范大学的硕士研究生。文秀是一名从山里走出来的农家孩子，百色人民百折不挠的精神浸染了她的心灵，长治学院的进取精神感染了她，长治作为革命老区的优秀传统教育了她……文秀说："大学四年，我很感激辛勤执教、爱生如子的老师们。我所在的思想政治教育专业考研率多年保持在 60% 以上，我受益于学校优秀负责的老师，得益于长治学院良好的校风、教风、学风，她圆了很多像我这样的苦孩子的深造梦、名校梦。"

到北京师范大学求学后，文秀一直心系母校，经常打电话、发短信向老师们汇报自己的学习动态，鼓励学弟学妹努力学习，并将学科前沿动态、教改信息告知学弟学妹。每当有母校的学生咨询考研的相关情况，她总是耐心解答，提供力所能及的帮助，以此回馈母校和老师们的培养。

在学校，文秀仁爱宽厚，甘于奉献。

黄文秀（右二）本科毕业时跟老师和同学的合影（长治学院供图）

在长治学院期间，文秀总是积极参加各项活动，从各方面锻炼自己。她非常有爱心，她和宿舍的室友经常去长治的儿童福利院和社会福利院看望孤残儿童和老人，给他们带去慰问品，给他们梳头，逗他们开心……大二那年，学校组织师生对长治市福利院开展衣物捐赠活动，文秀表现得非常积极，活动宣传、衣物整理、信息登记、物品捆扎……每项工作都能看到她忙碌的身影。

2016年，文秀硕士研究生毕业，处在人生抉择的十字路口，她本可以选择留在北京这样的大城市，有一份稳定的工作，过一种让很多人羡慕的城市生活。文秀所在的思政0801班有3个同学考上了北师大，他们毕业后，其中2个留在北京、天津这样的大城市工作，但是文秀决定还是回到家乡去，回到她的父母和乡亲身边。北京可能不缺一个她这样的城市白领，但百色却一定缺少一位像她这样的高学历、有初心、敢担当、能奉献的扶贫干部。培养一个在大城市拥有雄心壮志的青年才俊不难，但是培养一个高学历的知识分子，并且从大城市回到艰苦的农村并融入脱贫攻坚的事业当中，这个的确不容易。作为一名共产党员，文秀决定发扬奉献精神，去党和人民最需要的地方，去最艰苦的地方，不求回报，不计名利，默默奉献。

闫老师夸赞文秀是长治学院“求真、求实、求善、求美”校训的积极践行者，是百色起义精神孕育的英雄儿女，是太行精神滋养的优秀青年，是奋战在脱贫攻坚一线的巾帼榜样。广西百色和山西长治革命老区的红色血脉熔铸了文秀坚定的人生信念和理想追求。

5 女生宿舍的开心果

在老师眼里，文秀是一个品学兼优的学生。

对于文秀的同班同学，他们记忆中的文秀又是怎样的形象呢？

带着这个问题，我采访了与文秀本科同班、同宿舍、睡上下铺的女同学秦栋艳。小秦研究生毕业后在南京工作，回忆十来年前的大学生活，她记忆犹新。说起文秀，她无限感慨。

时光荏苒，无意间翻看手机里的照片，看到曾经和文秀的合影，小秦才意识到距离那场洪水带走文秀已经半年多了。都说时间是最好的疗伤药，小秦慢慢接受了文秀离开的事实，却依旧会在某个午后或黄昏，因无意翻看到文秀的照片或听到一首歌的时候，不由自主地再次想起文秀。

小秦说第一次见到文秀，是在 2008 年大学新生入学的第一天。小秦拖着行李走进学校安排好的 301 宿舍，看到一个女生也在收拾行李。她长得很漂亮，皮肤白皙，留着及腰的长发。她们简单地打了个招呼，当时她说话还带有明显的广西口音，她自我介绍道：“我叫黄文秀，大家也可以叫我阿秀。”

301 宿舍住着 6 个女生，她们给自己起了一个外号叫“七仙女”（还有 1 位是其他宿舍的女生，她经常来文秀她们宿舍串门，因此跟大家的关系比较要好）。起初，大家彼此间都有些羞涩，但随着接触的慢慢深入，大家对文秀的了解也越来越多，知道文秀热心善良、责任心强。作为舍长的文秀总会安排好宿舍的各种活动，在舍友们需要帮助的时候伸出援手，帮忙打水、打饭、打扫卫生，用电热水壶煮鸡蛋给大家吃。文秀的兴趣爱好很广泛，喜欢写毛笔字，喜欢画画，喜欢弹吉他，喜欢看电影，是一个不折不扣的行动派，决定要做什么就立刻去做。勤工俭学是文秀大学生活很重要的一部分，为了减轻父母的负担，课余时间她做过家教，发过传单，推销过牛奶，在咖啡厅做过服务员……尽管生活不易，可文秀始终乐观对待，很少叫苦叫累，她反而成了宿舍里最风趣幽默的人，并且总能出其不意讲一些有趣的笑话逗得大家捧腹大笑。大家称文秀为“301 开心果”，有文秀在的时候，宿舍总是笑声不断。

南方人来北方生活，多少会有些水土不服，文秀也不例外。作为一个地地道道的南方人，她喜欢吃米饭，可学校食堂以面食为主；她习惯独立的宿舍浴室，可学校只有集体共用的大澡堂。不过到后来文秀也渐渐适应了大澡堂，爱上了山西面食，学校的茄子面成了她喜爱的“最佳美食”。

小秦说，大学四年，她们一起参加社团活动，一起表演新年晚会节目，一起去教室，一起泡图书馆，一起去孤儿院看望那些可怜的孩子……懵懵懂懂的青春岁月里，她们一起哭过笑过。她们从陌生到熟悉，从羞涩问候的陌生人到无话不谈的好闺蜜，小秦永远记得文秀炽热的爱心和爽朗的笑声。

临近毕业了，文秀作为四年的舍长，号召宿舍全体同学备战考研。原本小秦是没有这个积极性的，是文秀点燃了她的梦想。受文秀的影响，整个 301 宿舍相互帮助鼓励，共同进步。后来，301 宿舍集体考研成功，成为学校的“明星宿舍”。

毕业那年，大家一起出去玩，路过一条小路，文秀给大家拍了很多照片。小秦至今依然记得那条小路幽静美丽，弯弯曲曲地延伸到远处，仿佛没有尽头……大学毕业后舍友们各奔东西，开始各自的研究深造之路。大家各自忙碌着，见面的机会虽不多，但始终保持联络并彼此牵挂着，文秀依旧是微信群里最活跃最有趣的。她们组织过几次短暂的聚会，文秀曾到南京找小秦一起游玩，小秦也曾去北京看望过文秀。

文秀研究生毕业回百色工作后很忙，难得有假期。2019 年清明节假期，文秀邀请小秦去百色玩，于是小秦订好机票，收拾好行李，奔赴她们的百色之约。小秦无论如何也没想到那竟是她和文秀的最后一次见面！到达百色后，文秀带她去吃好吃的，去好玩的地方玩，给她介绍当地的风俗特色。她们一起拍了很多照片，一起聊天到深夜，文秀给她讲了很多百坭村的故事以及自己对于百坭村脱贫致富的想法。临别的时候，她们相互拥抱，打趣说下次见面可能就是彼此的婚礼现场了。

可怎么也没想到，两个月后，当她和宿舍的姐妹们再次来到百色，参加的却是文秀的葬礼！

走进殡仪馆，看到文秀的黑白照片被各种鲜花簇拥着的那一刻，是小秦后来很长时间都不愿再回忆的一个场景，因为每当她的脑海里出现这个片断的时候，一股巨大的悲痛就会瞬间浸透全身，她的脑袋仿佛被炸裂一般，眼泪就会不断地往下流。虽然小秦试图寻找各种理由安慰自己，但终究是徒劳。文秀真的离开了，大家再也听不到她的笑声，收不到她的信息，也等不到她的婚礼了，太多美好的期待随着她的离开而变成遗憾。

小秦第三次来到百色，是文秀牺牲两个月后的 8 月份了。当时她接到文秀姐姐黄爱娟和广西电视台的邀请，来到南宁录制一档纪念文秀的电视访谈节目，她的心情原本已经平复了许多，可当她在节目中再次回忆起过往和文秀的点点滴滴时，依旧悲痛不已，泣不成声。欣慰的是通过这次节目录制，她遇到很多曾经关心帮助过文秀的人，听到了更多关于文秀的故事，对于文秀的离开也多了几分释怀。

出于对文秀的怀念，小秦写下了这些话语：

亲爱的秀，很久没有收到你的信息了，好几次梦见你回来看我，都是微笑着的。你说你一切都好，让我别难过别担心。我时常想起我们曾经很多美好的瞬间，并坚信终有一天我们会再次相遇。

秀，若有来生，我们还睡上下铺，我们还做无话不谈的好闺蜜。

秀，若有来生，希望你可以穿着漂亮的鱼尾裙，与心爱的人走在一起，一辈子平淡满足。

秀，我亲爱的秀，我太想你了！

6

踏着文秀闪光的足迹

轻轻的我走了，
正如我轻轻的来；
我轻轻的招手，
作别西天的云彩。
……
悄悄的我走了，
正如我悄悄的来；
我挥一挥衣袖，
不带走一片云彩。

文秀当年参加校园演出时的朗诵声，仿佛还在学校的礼堂回响，老师和同学们真希望她像当年一样，“轻轻的走”又“悄悄的来”，重新回到自己的母校，回到老师和同学们中间。

为更好地学习黄文秀的先进事迹，培养更多黄文秀式的优秀青年、学生干部、优秀党员，长治学院根据上级的有关精神，同时结合教学实际，在全国率先创建了“黄文秀班”。

学校领导告诉我们，创办“黄文秀班”的初衷是秉承“求真、求实、求善、求美”的校训，发扬“慎思笃行、务实创新”的系（部）训，以黄文秀同志为榜样，培养具有远大理想、责任担当、过硬本领、高尚品格的新时代大学生，培养爱国、励志、求真、力行的新时代青年，为党和国家培养拥有黄文秀式的优秀品质的新时代生力军。

“黄文秀班”的班主任、现任长治学院思政部党总支副书记的李晋丽向我们介绍了班级的配置情况：2019 级“黄文秀班”共有学生 100 名，分为 2 个班级，配备专职辅导员 1 名，兼职辅导员 2 名，同时配备学生辅导员助理 2 名。这些人员均为党员或预备党员，由此形成学生、兼职辅导员、系部副书记、学科专业教师、专职辅导员等多主体共同参与的大思政教育团队，有力地保证班级的有序运行。

李老师介绍说，他们还成立了“黄文秀宣讲团”，不断宣传弘扬黄文秀的先进事迹，把黄文秀的先进事迹广泛传播出去，让更多人了解黄文秀、学习黄文秀。他们还组织创作了“黄文秀班”的班歌，歌名叫作《你是长院你是我》：

你走出长院，
你扬起风帆。
你用柔弱的肩，
撑起一片蓝天。

你是一缕风，
吹绿百坭千年的梦。
你是一盏灯，
照亮山村富强的路……

“黄文秀班”从2019年秋季开班以来，通过学习、教育、宣传和实践，逐步培养学生的责任感和使命感，使对党忠诚、乐于奉献、担当实干、躬身实践成为时尚，成为校园文化的灵魂，以此培育更多黄文秀式的好学生、好青年、好党员、好干部。如今，这个班不负众望，在全校起到了很好的表率和引领作用，推动学校学风、校风和立德树人建设，实现学生的全面发展。

斯人已逝，精神长存！文秀的离去，让长治学院的师生们深感悲痛，但是她的高贵品质和宝贵精神，将激励广大师生继续前行，激励现在的大学生用美好的青春书写无愧于时代的人生华章，和她一样奋力谱写新时代的青春之歌。正如“黄文秀班”班歌所唱的那样：

啊，文秀同学！
你没有远去，
每一个长院人都是你，
踏着你的足迹，
走向伟大的中国奇迹……

第四章

北京求学的时光

文秀对导师郝海燕说："老师，我看着您就觉得很亲切，看到您我就不紧张了。"

1

那一年，文秀来到北师大

2013 年，北京，一个初秋的早晨。

一位身材匀称的姑娘，身穿洁白的裙子，迎着北京初秋的风，拉着行李箱，高兴地来到北京市海淀区新街口外大街 19 号，走进北京师范大学的大门，径直来到研究生院报到。当她领到研究生的学生证时，心里无比激动，欣喜地对着手机来了一个自拍。

这位开心的姑娘，就是刚刚考上研究生的广西籍学生——黄文秀。

这一天是 2013 年 9 月 13 日，文秀开启了她在北京深造的研究生生活。

北京师范大学是文秀最向往的大学，报考之前，她专门查阅了与学校相关的资料——北京师范大学是百年名校，是我国最早的现代师范教育高等学府，其前身是 1902 年京师大学堂所设的师范馆。1908 年独立设校，改名为京师优级师范学堂。1912 年，改名为北京高等师范学校。1923 年，更名为国立北京师范大学。1931 年，与国立北平大学女子师范学院合并，成立国立北平师范大学。1950 年，毛主席为北京师范大学题写校名。1952 年，辅仁大学主体并入北京师范大学。2002 年百年校庆之际，中华人民共和国教育部和北京市决定重点共建北京师范大学。2002 年 5 月，北京市第九次党代会将北京师范大学列入支持建设的世界一流大学的行列。一百多年来，北京师范大学为国家、为民族培养了一大批优秀的老师和各类人才，也曾拥有过李大钊、鲁迅、梁启超这样的一代名师。

习近平总书记在看望北师大的师生时曾指出，一个民族源源不断涌现出

黄文秀参加北京师范大学 2013 级新生开学典礼（黄爱娟供图）

一批又一批好老师，是民族的希望。国家繁荣、民族振兴、教育发展，需要我们大力培养造就一支师德高尚、业务精湛、结构合理、充满活力的高素质专业化教师队伍，需要涌现一大批好老师。

这是北师大的光荣与骄傲，更是北师大神圣的使命！

作为中国著名的师范类高校，北师大的教育学科历史悠久，实力雄厚。北京师范大学教育学部拥有一支实力强劲、学术声望良好的教师队伍，92% 的专任教师拥有博士学位，16% 的专任教师具有海外学历。同时，北京师范大学是教育部确定的首批国家大学生文化素质教育基地。学校以文化节、学术节、体育节和艺术节为主要格局，以文体竞赛、创新创业、志愿服务和社会实践为主要内容，打造了一系列满足学生成长和发展需求的精品活动。

文秀入校后领到了学校的校徽，这是一枚别致古朴的木铎。“铎”出现于夏商，是一种以金属为框的响器，古代用以木为舌的木铎宣布政令。《论语》记载：“天下之无道也久矣，天将以夫子为木铎。”后人将此说法扩展，称老师为执掌木铎的人。北师大一直以木铎为校徽。每当佩戴这枚校徽，文秀总有一种发自内心的自豪感。

打开学生证，文秀看到上面写着北师大的 8 字校训——“学为人师，行为世范”。她知道，这是著名史学家、书法大家启功所拟并撰写的。“学为人师，行为世范”是中国知识分子人格修养的标准和精神追求，也是启功 70 多年从教生涯的一个感悟。

文秀后来慢慢琢磨出这 8 字校训所蕴含的丰富含义。“学为人师，行为世范”的校训十分精练地诠释了“师范”的意义，就是“所学要为世人之师，所行应为世人之范”。“学”是指每位师生应具有的学问、知识和技能。学为人师，就是要使“学”能成为后学的师表。“行”是指每位师生应具有的品行。行为世范，就是要方方面面、时时刻刻都光明正大，能够成为社会中的模范。

这正是——巍巍师大，兼济天下气如虹；巍巍师大，育人兴邦肩任重！

这，就是文秀一心向往的“北师大”，就是文秀心目中的“北师大”！

2

那一天，文秀终生难忘

2014 年，一个秋天的清晨，北京师范大学。

早上 7 时，北京师范大学的校园从假期的沉睡中苏醒过来，树上的鸟儿欢快地跳着、叫着，似乎预示今日校园里有贵客到来。

这一天，作为研二学生的文秀，激动不已。她早早地来到指定的教室，按照学校要求，静静地恭候中央领导的到来。喜欢记日记的文秀，在日记里写道：

> 今天是 2014 年 9 月 9 日，明天就是中国第 30 个教师节了，校园洋溢着节日的气氛，这是我来到北师大读研第一次度过教师节，学校通知我参加一个重要的活动……

早上 9 时 15 分左右，一列车队缓缓驶入校园，驶向主楼方向。这列车队没有什么明显的标识，也没有警车打前站，十分低调。

文秀和同学们当时都在激动地等待着。

“来了，来了！”

“听说要去参观主楼，还要去教室听课。”

翘首以待的人们激动地互相传递着消息。

文秀和同学们热烈地讨论着：“每年教师节都有相关领导来看望我们学校的老师和同学，但没想到今年会是习近平总书记！”

文秀同宿舍的同学说：“这机会太难得了！我们不仅希望习近平总书记来听听课，还希望他来吃吃我们食堂的饭菜，看看我们的宿舍。哈哈哈！”

习近平总书记来到北京师范大学看望一线教师，认真听取了有关教师节活动的安排和学校基本情况的汇报，参观了为庆祝教师节而设立的30周年展览，考察了心理学院的心理学实验室，观摩了中小学教师国家级培训计划教学现场，并同老教授们见了面。

在与北师大师生代表座谈时，习近平总书记向全国广大教育工作者致以节日祝贺，同时强调全国广大教师要做有理想信念、有道德情操、有扎实知识、有仁爱之心的好老师，为发展具有中国特色、世界水平的现代教育，培养社会主义事业建设者和接班人做出更大贡献。

我们所处的新时代，既是近代以来中华民族发展的最好时代，也是实现中华民族伟大复兴的关键时代。对于青年学子，习近平总书记更是寄予厚望。当代青年是同新时代共同前进的一代，广大青年既拥有广阔发展空间，也承载着伟大时代使命。因此，对青年学生，习近平总书记饱含深情地说：

> 见到你们，我就回想起自己的学生时代。教过我的老师很多，至今我都能记得他们的样子，他们教给我知识、教给我做人的道理，让我受益无穷。学生时代是人一生最美好的时光，长身体、长知识、长才干，每天都有新收获，每天都有新期待。我希望在座的同学们，也希望全国2.6亿在校学生，珍惜学习时光，多学知识，多学道理，多学本领，热爱劳动，身心健康，茁壮成长。

文秀认真仔细地聆听着习近平总书记的讲话，她感到受益匪浅。习近平总书记指出，我们的教育是为人民服务、为中国特色社会主义服务、为改革开放和社会主义现代化建设服务的，党和人民需要培养的是社会主义事业建设者和接班人。好老师的理想信念应该以这一要求为基准。广大教师要始终同党和人民站在一起，自觉做中国特色社会主义的坚定信仰者和忠实实践者，忠诚于党和人民的教育事业，自觉把党的教育方针贯彻到教学管理工作全过程，严肃认真对待自己的职责。要注重加强中国特色社会主义理论体系的学习，加深对中国特色社会主义的思想认同、理论认同、情感认同，不断增强道路自信、理论自信、制度自信，积极引导学生热爱祖国、热爱人民、热爱中国共产党。好老师应该做中国特色社会主义共同理想和中华民族伟大复兴中国梦的积极传播者，帮助学生筑梦、追梦、圆梦，让一代又一代年轻人都成为实现我们民族梦想的正能量。

这，就是习近平总书记在全国第 30 个教师节来临之际，来到北师大看望广大老师和同学时的讲话，也是他此行的重要意义之所在。

这一天，文秀终生难忘！这么近距离地聆听习近平总书记讲话，习近平总书记的每一句话，都说到文秀的心坎上。仔细琢磨后，文秀更兴奋了，她也更明确了自己的努力方向——立志做有理想信念、有道德情操、有扎实学识、有仁爱之心的好青年！

于是，文秀学习的动力更强、干劲更足了，在北师大学习的日子里，文秀一直自觉地磨炼着自己。

3

那些年，文秀和导师郝海燕的缘分

白净，清秀，聪慧，外表柔美，性格热情爽朗，为人善良——这是文秀留给她的导师郝海燕的最初印象。

郝教授非常喜欢文秀。文秀有着北方女孩那样高挑的身材，又有着南方女孩白皙的肌肤、清秀的面容，活泼开朗、自信坚定。

北师大的研究生教学，如今采取的是“双向选择”制，即考上的学生根据自己的情况选择导师，学院里有硕士研究生导师资格的老师也根据自身的情况选择学生。

2013年秋季开学后，学院安排的“双向选择”活动，是学生和导师第一次正式见面。

这天，文秀落落大方地来到郝海燕面前，笑得很灿烂：“老师，我看着您就觉得很亲切，看到您我就不紧张了。”从这天起，她们就成了师生，从此便开始了她们亦师亦友又情同母女的缘分。

郝教授满含深情地回忆道：

> 俗话说师徒如父子，从那时起我从心里就认下了你这个女儿。
>
> 你像我一样爱笑，骨子里透着一种豪爽与倔强。
>
> 你善解人意，乖巧灵动，心地特别善良。
>
> 你对老师的体谅、关心和敬重让老师倍感安慰、温暖，也使咱们分别后这么久彼此间还依然念念不忘，相互牵挂。
>
> 对于咱们的德育原理专业，老师常暗自欣慰与惊叹你思考的广度和深度及你的学术敏感与灵气，特别欣喜的是可以做我女儿的小小年纪的你，竟和我这60年代出生的人在许多观念上是如此一致，学术兴趣竟也如此相投。

50多岁的郝海燕是北师大资深的硕士研究生导师，早年从山东曲阜师范大学本科毕业后考上北京大学，读了硕士又读博士，1998年至今在北师大哲学学院任教，开设的主讲课程有现代科技与伦理文化、中国文化、德育原理、教师伦理等，招收德育原理、教师伦理等方向的研究生。

在北师大，认识郝教授的人，都夸她收了一位好学生，说文秀不但是青春阳光的女孩，更是一个学习努力、做事认真的学生。

在我的采访中，郝教授讲述了自己和文秀“教学相长”的故事。

文秀第一次担任助教，是在郝教授主持的“人文教学论坛”活动。为办

黄文秀（右）与导师郝海燕（左）的合影
（黄爱娟供图）

好这个“人文教学讲坛”，郝教授邀请了北京各高校、研究机构人文学科方面的专家学者来北师大给刚入校的学生上通识课。

文秀按照导师的指点，首先了解计划邀请的老师的情况，再做出一个能反映每个老师特点的详尽的情况介绍表，最后不厌其烦地和每位老师沟通确定上课的时间、地点、内容，并多次提醒、接送老师到校上课，并向他们介绍学生的情况。文秀的细心周到，受到师生们的好评，这门课后来被评选为北师大的“优质通识课”。

有了良好的开端，第二次做助教，文秀就更有底气了。她知道导师承担了一门向全国开放的网络课程且需要一个帮手，就主动帮助导师。这是一项细致的活儿，需要用电脑进行文件传输，一遍遍地重复，文秀毫无怨言。她事先请教导师了解网络课程各个环节的要求，之后她经常上传课程资料，及时收集反馈学生的情况。

快毕业的时候，文秀把每年添加的新内容整理留档传给下一届学生，并教会他们工作技巧与方法。她对师弟师妹们向来不急不躁，耐心沟通，循循善诱。经过文秀与导师的共同努力，这门课获得了国家发展改革委颁发的

“网络课程开发二等奖”。

习近平总书记说过，好老师的眼神应该是慈爱、友善、温情的，透着智慧、透着真情。好老师对学生的教育和引导应该是充满爱心和信任的，在严爱相济的前提下晓之以理、动之以情，让学生“亲其师”“信其道”。好老师要用爱培育爱、激发爱、传播爱，通过真情、真心、真诚拉近同学生的距离，滋润学生的心田，使自己成为学生的好朋友和贴心人。好老师应该把自己的温暖和情感倾注到每一个学生身上，用欣赏增强学生的信心，用信任树立学生的自尊，让每一个学生都健康成长，让每一个学生都享受成功的喜悦。

郝老师对文秀就是这样的。读研 3 年间，文秀与郝教授建立了良师益友的亲密关系。毕业前夕，文秀回顾 3 年深造的时光，对郝教授充满了感激，她写道：

> 在她身上我感受到了一名现代女性的伟大，学校的工作和家庭她都能协调得很好，在她身上我还感受到了许多作为女性的美好品格。学习上她也一直砥砺着我，受她启发，我对道德教育非常感兴趣。也是她一点点地帮助我，使我超越了表面肤浅的认识，深入到事物实质性的认知。

这，就是文秀心目中的导师。

作为文秀的导师，郝教授至今难忘文秀。郝教授记得，在德育原理专题课上，文秀的课堂展示题目是《德育过程中必须关注教师心理健康》。为了讲好这个题目，文秀认真查阅了许多资料，并多次找郝教授帮忙挑选并辅修学校其他学院的相关课程，以拓宽自己的学术视野。

文秀向郝教授请教，并探讨道德教育领域急需解决的3个问题，即“立德树人”“塑造灵魂”“古为今用、洋为中用”方面的问题。文秀认为，在道德教育领域同样存在“古为今用、洋为中用”的问题。德育需要有宽广的国际视野，这不仅需要继续借鉴世界各国的德育资源，而且更应该下大力气深入挖掘中国优秀传统文化中所蕴含的德育资源，以及我国56个民族优秀文化传统中的宝贵德育资源，以应对和有效解决德育资源开发中妄自菲薄、盲目崇洋的问题。

文秀的用心钻研，得到了郝教授的肯定。在课堂上，郝教授也赞同文秀在课程展示里所强调的，德育工作的关键是“人”，而对德育工作者来说，人们的心理健康问题是关键中的关键。这个探讨，对文秀后来的下乡工作也产生了良好的作用。正如郝教授所说的：

> 文秀，正如你之后在百坭村的工作中，也是把人的工作放到首位，真正做到想人民群众之所想，急人民群众之所急，心系老百姓的喜怒哀乐，切实为百姓做实事，为百姓排忧解难，全心全意为人民服务。

在郝教授的书房里，还存留着文秀的硕士毕业论文《广西壮族优秀传统文化中德育资源的开发——以传扬歌校本课程开发为例》，这篇近4万字的论文，就是紧扣“德育”和“传统文化”来展开的。看着学生的论文，郝教授眼前又浮现出文秀刻苦钻研和撰写毕业论文的情景。文秀为毕业论文早早就做好了准备，她从不需要导师提醒、催促，而是自觉主动地去想去写。

做选题时，文秀去征求郝教授的意见，郝教授鼓励她要从自己的学术兴趣中找自己最关心、最擅长的问题来做。这个建议，给了她启发和信心。作为一名从广西来的壮族学生，她打算从广西壮族传统文化的德育资源入手，深挖选题的切入点。

每当文秀和郝教授谈起家乡广西的壮族民俗文化、风土人情和风物特产时，那种打心底里散发出来的骄傲和自豪溢于言表，而目前学校的德育课程中对这些宝贵教育资源的利用几乎是缺失的，文秀为此感到万分惋惜。

郝教授说，正是文秀对这种教育状况的担忧，以及文秀对家乡、对民族文化的热爱与执着，文秀想要改变现状的雄心与决心、勇气与努力，深深地感染、打动了她。

通过多次促膝谈心，郝教授能感受到文秀想返回家乡、建设家乡、改变家乡的愿望与决心，这样的愿望与决心是坚定而迫切的。郝教授的心里很清楚，文秀这孩子常常思考的事情和同龄的学生不太一样，她也能从中看出文秀的心思，知道文秀是一直牵挂着她的家乡广西的！

4

那时候，文秀和她的同学闺蜜

作为北师大同宿舍的研究生同学，2015届课程与教学论专业的王鹃与文秀朝夕相处了3年。同宿舍的同学给文秀起了一个昵称叫“黄毛”，即“黄毛丫头”之意。谈起往事，王鹃对文秀的为人充满敬佩。同时，对于文秀的不幸遇难，王鹃感到极为痛心。

在学习与工作中，文秀抢着做事，不怕吃苦，勇于承担责任，开朗外向，但在各种荣誉名利前却从来不争不抢，低调内敛。文秀的家庭困难情况，她从没有向老师和同学说起过，也从未向学校申请过任何困难补助，而是通过勤工俭学来维持自己的日常开支及贴补家用。文秀遇难后，王鹃在同学的微信群里留言道：

翻看了所有的微信聊天记录，所有的微信朋友圈，所有和你相关的新闻，秀宝宝、黄毛，我们的翩翩少女，想到再也收不到你的回复，看不到你的更新，看不到你嫁人，过平凡的日子，一想到这里我就头疼得难受！今天真是个糟糕的日子，可恶的日子。

2019年中秋前夕，王鹃触景生情，写下对文秀的思念：

文秀，你走了3个月了，我们渐渐收起悲痛，投入到日常的工作和生活中，你在远方还好吗，你知道吗，那天校长夸我说我的身上有你的影子，给“第一书记”增色，我心里感激他的评价，但又觉得自己做的工作比起你来差很多，你是我们年轻人学习的榜样，是“时代楷模”！央视有对你的公益宣传滚动播出，一直提醒我们这是真的，你真的离开我们了，留下一片赞誉和怀念。

可是，如果可以，我不想这样，宁愿你过平凡的日子，做好扶贫工作的同时，也找个人爱你，生个可爱的宝宝。

文秀，你知道吗，我在岛上安家了，小暖暖快2岁了，快会叫阿姨了。我发她几个月大的视频给你们时，你夸她长得像我，眼睛很大。如今，我们同宿舍的大红和白毛两位美女同学也当上了准妈妈，你还没有见过她们的宝宝，也还没有抱过我的暖暖呢。我们还想当催婚一族，催你抓紧找一个人照顾自己，不要总是去照顾别人。

一直想写些东西给你、给我们，但怕自己沉湎于原本美好但现在却残忍的回忆里，迟迟不敢动笔，直到今天坐在电脑前，依旧一想起来就哽咽，你变成我们心头的痛，不忍触碰，不忍想起。

文秀，同寝三载，我们对床而卧，可我不能说真正了解你，你收起自己的柔弱，留下太多开朗、热情和阳光给我们。初识不久，我在医院里带着哭腔无助地给你打电话，你很快汇钱给我，偌大的北京城里，我觉得自己不再那么孤单。你总是很忙，背着黑色的大书包早出晚归，回来后疲态尽显，之后提着洗澡篮子去澡堂，再趿拉着拖鞋晃晃悠悠地回来，倚着床框，歪着脑袋一边擦头发，一边和我们聊天。这时候你才是一个小女生，看综艺，聊八卦，咯咯地笑着、闹着。如今，我们本可以以 30 岁的人生姿态感慨光阴飞逝，校园时光不再，你却永远地离开了我们，你的生命永远定格在而立之年，我们同宿舍的 4 人微信小群里一下子寂寥了许多。

文秀，你是多爱美的女孩子呀！那时候，你总嫌自己胖，嚷嚷着要减肥，想了好多办法瘦腿，跑步、游泳。有一次很夸张，你把保鲜膜缠在腿上然后去运动，我现在还记得你把腿跨在凳子上缠保鲜膜时我和大红嘲笑你的样子。

拍毕业照的时候，你张罗着租衣服，早起化妆，宿舍有我和大红这俩化妆白痴，四个人起了个大早，拍了照片，走了红毯。只是没想到，那时欢乐的照片，如今成为怀念你的一种方式。

6月17日，得到你失联的消息，我的心一下子揪了起来，但又想着可能只是通信设施有故障，等着你平安的消息。晚上得到你遇难的消息，我感觉揪着的心一下子掉落、碎了，疼得难受，脑子里一片空白，眼泪止不住地流。后面关于你遇难的细节消息越来越多，我想象不出你经历了怎样的事情，山洪冲来的一刻，你该多害怕、多疼！我不敢想象，不忍想象，活蹦乱跳的你怎么会突然这样走了呢？黄毛，你怕不怕？冷不冷？疼不疼？睡在我对面的姑娘，我们真的再也见不到了……

后面，随着更多的新闻报道，我才了解到你在扶贫一线到底经历着什么，你做了这么多有益于社会、有益于贫困户的事情。比起你的工作，我们感到自己遇到的这些困难真的不算什么。你在我心里，不再是爱笑爱闹的普通小女生了，而是一个真正为人民服务、认真细致的扶贫干部。我们以你为荣！

我们的黄毛，亲爱的文秀，我们爱你，永远……

黄文秀（右一）硕士毕业时与同学的合影（黄爱娟供图）

5

那一次，文秀的毕业选择

2016年，文秀即将从北师大毕业。3年的相处，郝教授视文秀如女儿，文秀待恩师如母亲，师恩难忘。在即将毕业之际，懂得感恩的文秀这样回望自己和导师3年来的难忘往事，她写道：

> 回望过往，诸多变化，但犹如初见，现如今即将离开，留恋与不舍满溢，在北京师范大学的研究生学习时光，终要结束。
>
> 我要向我的导师郝海燕女士表示衷心的感谢，至今仍记得复试之时是她对我进行的英语面试，我很紧张，她亲切如邻家姐姐般的态度给我留下很深的印象。复试结束后我的心里想着如果能再遇到她就好了，因为当时的问题我不擅长，而她却没有一再为难我，真没有想到，后来与她结下了一生的师生之缘……我在北师大三年的点滴进步都与导师有着密切联系。

临近毕业，郝教授很关心文秀的毕业选择："以你的能力，去一个大国企或者留在北京，都是没问题的。对于你的将来，你可要考虑清楚呀。"

文秀非常感谢自己的导师，她也向导师如实坦露了自己内心的想法："老师，我们北师大历来倡导'学为人师，行为世范'，从您身上我学到了很多做人的道理。我是从广西的贫困山区里考出来的，我想回去，把希望带给更多的父老乡亲。"

郝教授对她说："通过多次的促膝谈心，我能感受到，你急切地想返回广西、建设广西、改变家乡的强烈愿望与决心。老师支持你，愿你为家乡多做贡献！"

拜别老师和同学之后，文秀收拾行囊，毅然离开北京，回到了广西。

有人说，中国农村是"3亿人出走后的世界"，可文秀说"走出去之后肯定有部分要回来"。

有研究生的同学说，文秀就是那个"走出去，又坚定地回来的人"。

这位从北京师范大学哲学学院思想政治教育专业毕业、取得硕士学位的广西学子，于2016年7月辞别老师和同学，选择当一名定向选调生，回到养育她的家乡——广西百色。

黄文秀硕士研究生毕业时的照片
（新华社供图）

第五章

隔空对话：文秀的民族文化情结

文秀说："我飞得再高，飞得再远，也都是要飞回家乡的。我的选择是——回到家乡广西百色去！"

这是3个梦，或者说是很多次的梦的叠加与重合，而这其中的内容就是关于文秀对于广西壮族传统文化所作的哲学思考。

随着采访的深入，我对文秀越来越了解，她的音容笑貌越发在我脑海里立体和鲜活起来。我也常常想，假如时光能倒流，她还活着，重回她工作的地方，或者重回她的校园，我想和她用我们百色当地的壮话，细细聊聊关于她的学习，她的生活，甚至她心里的秘密……

一天晚上，到了夜深人静之时，朦胧中，我眼前又出现了文秀，她身穿白色的长裙——这是她在北师大就读时爱穿的白裙子。对了，就是她在学校操场上穿着留影的那件！26岁的她总是那个爱笑的

黄文秀在北京师范大学运动场上的留影（黄爱娟供图）

模样……

临近毕业的时候，文秀没有像其他同学那样忙着去联系用人单位，或者忙着谈恋爱，她很淡定从容地安坐在电脑前，对自己的论文做最后的修改。过了一会儿，她从一堆厚厚的书籍中站起来，目光从电脑屏幕上移开，悄悄地来到窗前，对着南方遥望，那里有她熟悉的家乡，有她的亲人，有她熟悉的动听的山歌……

梦境里分别有两个时空，一个是“文秀的时空”，另一个是“我的时空”。

文秀的时空：

时间——2016 年夏天，文秀毕业前夕的夜晚；

空间——北师大研究生女生宿舍 513 号房间；

人物——文秀，时年 26 岁，北师大在读研究生。

我的时空：

时间——2019 年秋天，中秋节前；

地点——广西百色市乐业县百坭村；

人物——我，即作者本人。

1

第一个梦：听文秀唱壮族的传扬歌

朦胧中，我悄然进入了“文秀的时空”里。2016 年夏夜，窗外的灯光映照着文秀青春的脸庞，此时的她正在北师大研究生女生宿舍 513 号房间里修改自己的硕士毕业论文，我听到了她内心的独白。

文秀："每逢佳节倍思亲，在这样皎洁的月光下，我更加思念远方的亲人。首先我必须要感谢的是我的父亲黄忠杰，他一直鼓励和支持我所做的任何决定，包括当时报考北师大，也是他促成了我写这篇论文。我的父亲尤其喜欢唱山歌，参加乡里的比赛还拿过冠军。小时候，我经常听到父亲引用传扬歌中的句子来教育顽皮的我，他总喜欢说：'我说的学校里没有吗？'这就是我写这篇论文的原因，壮族的优秀传统文化在一点点消失，这是一个很大的问题，值得今后进一步研究。"

我："文秀，你在窗前这个场景，有点像李白在对月抒怀。此情此景，我冒昧地问一问，你是月夜思故乡、想念亲人了吧？"

文秀在她的时空里沉思，听到外人的声音，她有点吃惊。

文秀："啊，你是哪位，这么了解我此刻的心思？"

我："我是你先进事迹的采访者。"

文秀："采访我的先进事迹？我一个普通女孩，有什么先进事迹？"

我："你很了不起啊，我现在就在你担任第一书记的乐业县百坭村。"

文秀："我？当第一书记？乐业县百坭村？你说的这些，我都不懂哦，听得我都犯晕了。"

而此时的我，是在与她相隔 3 年后的 2019 年秋天。中秋节前的夜晚，月光皎洁，我来到百坭村村委办公楼前，"百坭村" 3 个大字在月光下清晰可见，门前电子屏幕上有一行滚动的字幕，这是文秀生前和战友们的誓言——"不忘初心、牢记使命。不获全胜，决不收兵！"

这时，我才意识到我们不在同一个时空里，我现在见到的文秀，是 3 年前的文秀，一个还没走出大学校门的女生，正如她说的，一个普通的女孩。

我："哦，我是你家乡的人，在你的百色老家和你说话。"

文秀听到"百色老家"，立即兴奋起来，马上问我会不会说壮话。

文秀："哈哈，老乡大哥哦，你会说壮话吗？"

我："啰呀啰呀（壮话：懂的呀会的呀）！你出去北方读书七八年了，还会讲我们当地的壮话，尼罗（壮话：好哦）！”

文秀（自豪地说）：“那是我的母语，我当然记得啦！到哪都不会忘记的。我还会唱山歌咧！还专门研究我们壮族的山歌呢！”

我：“我知道你大学本科学的是思政专业，研究生攻读的也是这个专业。你研究生是在哲学学院，按我的理解，你是一个爱哲学的女孩，但学哲学的还研究壮族山歌，这令我多少有些意外。”

文秀：“有很多同学也这么说，老乡大哥，现在我很乐意和你说哦！”

我：“洗耳恭听！”

文秀：“那好吧！我硕士论文研究的方向是壮族传统文化中德育资源的开发，经过和导师多次商量，我的论文题目确定为《广西壮族优秀传统文化中德育资源的开发——以传扬歌校本课程开发为例》。”

我（好奇又陌生）：“听到一长串的学术名词，‘德育资源’‘传扬歌’‘校本课程开发’，这回轮到我犯晕了。”

文秀：“是啊！这些是我论文的关键词。我的论文用4万多字来全面论述这些论题，为了完成好这篇论文，我较早地确定了选题，还跑回广西老家考察。我专门跑去宁明、马山、上林、忻城、都安、平果、田东、田阳等地区，还到过花山、敢壮山，掌握了大量的第一手资料。你看，我都晒黑了！”

我：“你真是下了苦功夫啊！”

文秀：“我不是为了写论文而写论文，这是有实际意义的。”

我：“愿闻其详。”

文秀：“我是壮族的儿女，因为少数民族的身份，我享受到了党的政策和关怀，才被北师大录取的，所以我很感恩，感恩我们党，感恩我们的祖国，感恩自己的民族。但我发现，并不是所有的壮族人都了解自己的民族，所以我想通过我的研究和努力，让更多的人尤其是壮族的同胞们，认识壮族，从而热爱壮族，和其他民族一起团结起来建设好我们的家园。”

我（用佩服的语气）："哦，小老乡，你民族情结深厚啊，太好了！"

文秀："这是我应该做的呀！本民族的人应该把本民族的事情搞好。何况，壮族的祖先早就创造了辉煌灿烂的民族文化了。我记得古希腊哲学中有一句名言'认识你自己'，认识世界，就从认识自己入手。"

我（由衷佩服）："说得对啊！尽管我也是壮族，知道一些山歌，但是对传扬歌，我知之甚少，请赐教！"

文秀："老乡大哥客气了！传扬歌是壮族众多山歌类型中的一种。现在我们看到的壮族民间长诗《传扬歌》，是一部产生于明代的讲述伦理道德的长诗，有 2000 多行，主要内容是揭露统治者、剥削阶级的不公正行为，论述做人的道德规范和应该承担的义务，以及如何处理好家庭内部关系等，主要流传于广西马山、上林、忻城、都安、平果、田东、田阳等地区。它被认为是壮族劳动人民进行自我教育的《道德经》，它根植于劳动人民生活的沃土，是壮族优良传统的常青之树所结的硕果，是一部不可多得的伦理诗。《传扬歌》是壮族民间文学经典，也是壮族人民进行自我教化的一个有力工具，它在壮族人民的道德教育发展上起了重大作用，在现代仍具有巨大的影响力和教育价值。"

我："据说《百岁歌》也是一部非常经典的传扬歌，你也做了相关的研究吗？"

文秀："是的，《百岁歌》很经典，此歌特殊的地方就在于用短短的篇幅把人的一生都完整概括出来。它首先写了母亲受孕所受的苦楚，从婴儿阶段到少年时期父母抚养子女的艰辛，之后从 20 岁到 100 岁，以每 10 年为一个阶段对父母进行咏唱，唱出了父母在儿女不同成长阶段的辛劳。"

我："你能唱给我听听吗？"

文秀（爽快地答应）："好的！"

接着，我听到了悠扬的山歌，是文秀在唱：

阴与阳交合，母亲乃怀孕。公婆喜开怀，续嗣有儿孙。
人未曾出世，母亲愁煞人。生男或生女，抚育一样疼。
怀九月身孕，娘驼背伤身。十月居家坐，胎儿壮惊人。
娘生咱辛苦，痛楚闷在心。胸堵脸变形，男女尚未分。
……
饭熟知张口，不懂苦是啥。不知银钱数，有父母当家。
活路不会找，只想得玩耍。玩够回家来，肉鱼随你夹。
……
年寿五十岁，喜儿孙热闹。父疼子依旧，家业不用愁。
活茬不能理，闲坐厅堂口。有儿又有孙，乡邻都敬老。
……
今日父过世，儿辈实哀伤。泪洒河塘边，不见父母还。
讲父母恩情，儿永记心上。还父母情义，永远没法偿。

文秀：“这是《百岁歌》，从儿女未出生到父母逐渐衰老逝去，对每个阶段都进行了非常生动具体的描述，循序渐进地讲述为人父母之不容易和父母养育之恩的伟大。整首歌的歌词通俗易懂，逻辑严密，充满了对父母的感恩之情。还有《不忘父母恩》也很棒，它引用董永孝敬父母的故事劝诫后人，歌中还抨击一些只爱妻儿却不孝敬父母的行为，对媳妇不孝敬公婆的行为也进行了猛烈的批判。《不忘父母恩》与《百岁歌》相比言辞更犀利，文中将卖父母、骂父母的行为视为畜牲一样的行为，让人边读边省察自我言行，无形中形成一种强大的规劝力和约束力，从而警醒人们要善待自己的双亲。”

接着，文秀继续唱《不忘父母恩》：

嘱众人百姓，要敬奉双亲。娘抚育多年，要念父母情。

众男女青年，机灵请来听。无情无义者，逆天地不容。

文秀：“在‘孝道’上，壮族不仅提倡孝敬生养自己的双亲，还倡导人要孝敬后娘，体现了壮族对‘孝’又一深刻的理解，你听听。”于是文秀开始唱道：

儿女敬后娘，凡事当相让。今生已背时，哑巴吃黄连。
幼辈莫埋怨，赡养要承担。儿女想周到，事事不绕弯。
……
儿像儿女样，莫要气后娘。日后有福分，凡事好商量。
对娘讲真话，福气不乖张。言语当谨慎，做人要谦让。

我：“在首都北京这样银色的月光下，听到你唱起家乡动人的山歌，太美妙了！这是你用心收集到的壮族民歌，通过这意味深长的歌词，我发现原来我们壮族的传统文化里还蕴藏这么多的宝贝啊！谢谢你，文秀，一口气唱了好几段，让我听得入迷了，你不愧是优秀的壮族文化传承人啊!”

文秀：“哈哈，你过奖了！好了，现在夜深了，我就唱到这里，免得打搅大家休息。老乡大哥，明晚见!”

我：“好，不见不散!”

文秀仿佛长了翅膀般，倏忽不见了……

万物又归于平静，月光依旧，夜色依旧，真是：今人不见古时月，今月曾经照古人。

2

第二个梦：文秀对壮族传统文化的哲学思考

第二天，入夜，月光洒满一地，北师大笼罩在一片银色之中。月朦胧，景朦胧，花朦胧，夜朦胧，晚风叩帘灯朦胧，人朦胧，但愿同入梦……我和文秀在梦里又相约而见，她热情地用壮话和我打招呼。

文秀："老乡大哥，昨夜和你一起谈论家乡的山歌，很愉快哦。"

我："文秀，你好！你的研究和讲解，给我打开了另一扇了解壮族文化的大门，谢谢你！你的话也让我进一步了解了你。你对壮族传统文化的学术研究，很有使命感啊。"

文秀："谢谢理解！我一直热爱自己的家乡广西，深爱广西悠久灿烂的民族文化。"

我："是的，我由衷敬佩你！你是一个喜欢哲学的姑娘，经过了研究生的深造，你现在的哲学修养应该很高了。那么，让我们从粗浅的对壮族山歌的理解，上升到哲学层面的思考，从哲学的角度解读壮族传统文化中的德育资源。通过剖析《传扬歌》，你是如何看待人与自然的关系、人与人之间的关系的？"

文秀："你提的这两个问题，我不是一下子就弄明白的，也是我一直苦苦思索的，所以当初选择硕士论文的题目时，我提了出来，得到了导师的肯定和鼓励，所以才坚持继续研究。"

文秀（耐心地跟我讲解）："我认为壮族的《传扬歌》，是壮族的一部宝贵的哲学著作，它所颂扬的立志、勤劳、节俭、正直、真诚和睦邻，是符合当今社会主流价值观中的道德规范的，有着毋庸置疑的研究价值。"

我："哦，原来它还具有这么高的学术地位和价值！请说说你的思考。"

黄文秀手绘的向日葵
（黄爱娟供图）

文秀："那我就抛砖引玉了。我先从'德育''德育资源'说起。德育，简而言之是培养学生品德的教育，指的是教育工作者创建适合德育对象成长的环境，促进德育对象在道德认知、情感认同和实践能力等方面不断提升的教育活动，是促进个体道德自主建构的价值引导活动。在这个过程中，'德育资源'是教育资源中的一种特殊资源。德育资源的价值意义或功能性意义体现为'可以进入德育过程，并积极影响受教育者思想道德的一切现实和潜在因素'，德育资源更多的是指向精神层面的价值。少数民族优秀传统文化是一个巨大的德育资源库。我国 55 个少数民族在历史发展的过程中，形成了具有自己民族特色的道德观念和意识形态，这其中体现了各少数民族的人生观、世界观、哲学观，当代人应充分挖掘其中蕴含的德育资源。"

我："那么，'校本课程开发'又是怎么理解？"

文秀："这个概念源自国外，从'School-Based Curriculum Development'或'Site-Based Curriculum Development'翻译而来，缩写是'SBCD'。它包含3个基础概念，即'校本''课程''开发'。'校本'一词就已划定了研究的界限和范畴，即必须要以学校为主要阵地，由学校内部的人员如校长、教师共同探讨和解决，也可以寻求校外研究人员或者其他人员的参与，但这种参与不能凌驾于学校内部的人员之上，而是形成一个共同体去探索和解决问题，并将得出的方案加以有效执行。'课程'一词在我国最早见于唐宋时期，狭义的课程指一门学科或一类活动，广义的课程指所有教学科目及各种活动的总和。'开发'从字面可以看出是一个动词，意味着这是一个持续的动态过程。据此，我论文中所探讨的校本课程开发是指立足于学校范围内，由校长、教师或者寻求校外专业人员以及其他人员，共同开发适合本校学生发展需求的课程。从最终结果看，校本课程开发是要形成一门能适用于课堂的课程；从课程开发管理权限看，校本课程开发属于第三层级，之上还有国家层级和地方层级。这就要求校本课程开发在功能上，要起到一个补充和辅助的作用，同时要求校本课程开发在内容和思想上要与地方性课程和国家性课程有一定的共通性，符合上一层级的要求。"

我："那么，进入21世纪后，这个研究又有哪些新进展呢?"

文秀："随着社会的不断发展变化，少数民族地区道德教育的针对性和实效性问题突显，人们更关注和强调传扬歌的现实意义。传扬歌中倡导的伦理道德是壮族社会珍贵的哲学资源，在21世纪的今天，我们仍然可以利用其教育功能实现现代社会的伦理道德重建。可喜的是，近年来少数民族优秀传统文化越来越受重视，研究者认为优秀的少数民族传统文化是中华民族优秀传统文化的重要组成部分，应予以重视和弘扬。近年来有学者从少数民族的生活习俗文化、人生礼仪文化、传统节日文化、信仰崇尚文化中挖掘其蕴含的德育资源，提出要开发少数民族德育资源，促进德育资源的转化利用。广西壮族优秀传统文化德育资源开发的研究，随着时代的发展而不断深入，对壮族传扬歌的探析也呈现出不断深入的趋势，从单向度到不同民族之间的比较，从探析伦理道德规范上升到哲学思想的探究，都肯定了壮族传扬歌的现实意义和社会价值。”

我：“哦，我逐渐明白你着力研究壮族传扬歌的目的和意义了。”

文秀：“道德教育不是简单的知识性灌输，而是要进行道德情感的培养和激发，因此德育课堂上我们要教导学生学会如何关怀他人。传扬歌的校本课程开发有助于促进师生之间、学生之间的相互关怀的关系，而在民族地区，就是要引导学生尊重和了解不同民族的习俗和文化。对传扬歌进行校本课程开发，有助于人们进一步了解壮族的优秀传统文化，增强壮族学生的自信心和自豪感，也有益于学生形成尊重不同民族文化和习俗的关怀理念，而这种关怀理念一旦形成，将会不断发散，从而能够有效地解决壮族地区德育工作的实效性问题。我根据前人对壮族传扬歌的研究，在对传扬歌进行进一步分析的基础上，深入挖掘传扬歌蕴含的德育资源，

黄文秀展示自己的书法作品（黄爱娟供图）

整理和提炼其中符合社会主流的道德伦理观，尝试探讨在广西壮族聚居区进行校本课程开发的意义，继续发挥传扬歌的道德教化作用，这样一来不仅符合课程改革的趋势，而且能使德育内容更贴近壮族学生的实际生活，使民族地区之间的文化差异得以缩小。”

我：“文秀，感谢你跟我这么深入地谈论我们的壮族文化。”

文秀：“习近平总书记说，要坚定文化自信。我们壮族是全国人口最多的少数民族，我们的先辈创造了丰富灿烂的民族文化，我很乐意去研究、去挖掘，但我做的还不够。今晚我们就聊到这里哦，明晚再见！”

我：“好啊，明晚继续！”

在这样的夜晚，一个远方的游子，一个热爱家乡的姑娘，一个哲学学院的研究生，她自觉地把壮族优秀传统文化上升到哲学层面来思考，确实令人振奋，同时也让人由衷敬佩。

3

第三个梦：那个爱笑的姑娘

第三个夜晚，月移花影动，萤光照夜空。

文秀如约而至，依旧是那副微笑的模样。

我：“文秀，感谢你这么信守诺言，又来和我见面了。我们聊了这么久，说说你将来的打算。你研究生快毕业了，你有什么想法？”

文秀：“是的，毕业在即，回望过往，诸多变化，现如今即将离开，留恋与不舍满溢。从 2013 年 9 月注册报到至今，我在北师大度过了人生最美好最重要的 3 个春夏，我就读的哲学与社会学学院也更名为哲学学院了，而我在这里的研究生学习时光也即将结束了。我非常感谢这段时光，我被每一个人善待，在未来的工作学习中，我将永存这份感激之心，用自己的实际行动来回馈我所获得的一切善意。我要感谢身边的每一位朋友，感谢同一个宿舍的付红红、王鹃和石昱岑。我们的宿舍是一个非常温馨有爱的集体，3 年来点点滴滴的相处让我们形成了真挚的友谊。也谢谢这些年在京的老乡们，异地求学的辛苦因为有了你们的相伴而使我得到了慰藉。感谢其他同学，在研究生阶段给予我真挚的帮助。真的特别感谢每一位朋友，遇到你们是我今生所幸！同时我还要感谢我的导师郝海燕，感谢王葎老师、吴玉军老师、聂智琪老师、叶颖老师，我都听过这些老师上的课。这几位老师在学识和研究方法上不仅让我钦佩，他们平日里的待人接物也让我敬佩。还有李晓东老师、刘丹老师，我虽然没有直接上过他们的课，但他们给我的开题报告提出了很多宝贵意见，让我能及时发现和纠正自己存在的问题，他们的学风和学识都非常高，他们深受学生们的喜爱……”

文秀一口气说了这么多，把心存的感激都表达了出来，我不忍打断她的思路，待她稍稍停下来，我才插话。

我：“是啊，你的导师和同学也都很喜欢你。听他们说，现在有很多大单位抢着要你这个高材生，你将留在大城市，大展宏图。”

文秀：“不瞒你说，确实是有这个情况的。但是，我毕业去向已定。”

我：“应该是北上广任你选了吧？不妨先给老乡大哥透露一下。”

文秀：“哈哈哈！老乡大哥，请你猜一猜。”

我：“我猜不出来。你是从广西山沟沟里飞出去的金凤凰，预祝你飞得更高、更远。”

文秀：“我飞得再高，飞得再远，也都是要飞回家乡的。我的选择是——回到家乡广西百色去！”

我（吃惊地，有点不相信地）：“真的回家乡广西？不是吧？”

文秀：“我记得有本书上说，一个人有 3 个地方很难忘记，一是故乡，二是初恋的地方，三是长期工作生活的地方。后 2 个我暂时没有，于我而言，故乡就是最难忘的，因为故乡的田埂上有我童年的小脚印，故乡的大山里有我喜爱的歌谣，故乡的小屋里有养育我的亲人……”

我（若有所悟地）：“哦……”

文秀：“你还是不信吧？我的同学也不信，以为我是唱高调。哈哈哈！到时我们再见哦！哈哈哈……”

文秀发出爽朗的笑声，她像长了翅膀的蝴蝶，悄然飞走了。

我的梦也醒了。睁开眼，看到文秀在对我笑，我揉揉眼睛，确实是文秀微笑的脸。

我站起来，想和她打招呼，才发现这是文秀工作过的地方——百色市乐业县百坭村村委，墙上张贴着中宣部印发的“时代楷模——黄文秀”的巨幅宣传画。

我对着画像出神，似乎听到她在梦里笑着说的那句话：“老乡大哥，我们真的再见了哦！这回你相信了吧？”

马克思曾经说过，为了实现理想，就要有使用实践力量的人。

常言道：空谈误国，实干兴邦。进入新时代，我们要努力做到“讲实话、干实事，敢作为、勇担当，言必信、行必果”。

黄文秀，用她的青春与生命，践行了自己的人生诺言。

第六章 百色老区的新干部

文秀心里默念道：“百色，我热恋的故土，你的女儿回来了！”

1

回到故乡

凤凰花开的时节，又到了一年一度的毕业季。远在北京求学的文秀，在2016年7月获得硕士研究生学位后，她的毕业去向，自然引来众人的关注。

同学们在议论："文秀胸怀大志，志在远方，她会不断地去寻找她的诗和远方。"

老师们在分析："文秀学业优秀，为人豁达、乐观、阳光，毕业后留在大城市，尤其是北上广，前途无量！"

乡亲们在嘀咕："文秀这个妹子读了这么多书，吃了这么多苦，毕业了还会回到穷山区工作吗？"

"毕业了，我哪都不去，我选择回家乡百色！"这是她的最终选择，也是她内心最热切的盼望。

炎炎夏日，在从北京返回广西的列车上，文秀望着车窗外飞驰而过的景色，她默念道："再见了，北京！再见了，老师同学们！"她的心绪早就飞回到了家乡。那故乡的风，那故乡的云，不停地向她召唤……

高飞的大雁，总有飞回的日子；

茂密的树叶，总有归根的时节。

文秀心里默念道："百色，我热恋的故土，你的女儿回来了！"

"我亲爱的家乡，我亲爱的父老乡亲、兄弟姐妹，你们的文秀回来了！"一想到自己即将回到家乡百色，文秀的心里更加激动。

家乡百色，右江水流泛起清波，也在热切期盼这位归来的游子。

终于回到百色了！当踏上家乡的这片红色土地，文秀的眼睛湿润了。她19岁第一次离开家乡田阳，翻山越岭去到山西长治读大学，本科毕业后考上北师大攻读硕士研究生，连续多年在外求学。为了节省费用，她很少回家，而现在她终于可以回到自己心心念念的故乡了。

这天一大早，文秀穿着她喜欢的白裙子，走在前往百色市委的路上，夏日的微风吹来了家乡熟悉的味道，让她更加兴奋。她落落大方地走进百色市委大院，径直来到百色市委宣传部报到，她领到了她人生的第一本工作证，她的身份由一名北京的研究生变成了干部，由“同学”变成“同志”了。

百色市委宣传部的领导对她说道：“文秀，从今天开始，你就是百色市委宣传部的年轻干部了，祝贺你！欢迎你这样的高材生学成归来，投身家乡建设！你是党员，党内称同志。文秀同志，你的昨天，学业很优秀，希望你的

黄文秀在百色市委宣传部工作时参加培训的照片（百色市委宣传部供图）

明天，一切都更加优秀!”

她把领导的话记在了随身携带的笔记本上，别致的欢迎词、亲切的教导，让文秀心里热乎乎的。

办理了入职手续，她没有忘记每个月必须主动做的事情——交纳党费，这是她参加工作后在百色交纳的第一笔党费。

2 青春的身影

文秀果然不负众望，她工作勤勉努力、兢兢业业，得到了领导和同事们的交口称赞。一年后，文秀被组织派到乡下挂职，担任田阳县那满镇党委副书记。

自 2017 年 9 月至 2018 年 3 月，黄文秀在挂任那满镇党委副书记期间，按照工作分工，她分管党务、计生、新农村建设等，她深有体会地感慨道：“基层工作没有‘罗曼蒂克’，而是一部‘钢铁是怎样炼成的’社会大书，要想成为一名合格的基层干部，首先要完成身份的转变，做好长期吃苦的准备。基层工作要求个人具备高情商，并且要放低身段，如此才能做到生活融入、感情投入、工作进入。研究生毕业后，我更应该不断学习，强化自己，这样在广阔的天地才会大有可为。”

读万卷书容易，行万里路却不容易。文秀在工作中始终带着“热爱”与“热情”，同事们评价她是怀着一颗“爱心”去对待每一项工作的。从此，那满镇到处活跃着文秀青春的身影。

文秀工作后不久，党的十九大于 2017 年 10 月 18 日至 10 月 24 日在北京召开。10 月 18 日上午 9 时，文秀和镇里的党员干部集中收看了党的十九大

黄文秀在百色市委宣传部工作期间下乡采访时的照片（陈强／摄）

在人民大会堂开幕的盛况。习近平代表第十八届中央委员会向大会作了题为《决胜全面建成小康社会　夺取新时代中国特色社会主义伟大胜利》的报告，这次大会的主题是：不忘初心，牢记使命，高举中国特色社会主义伟大旗帜，决胜全面建成小康社会，夺取新时代中国特色社会主义伟大胜利，为实现中华民族伟大复兴的中国梦不懈奋斗。

党的十九大是在全面建成小康社会决胜阶段、中国特色社会主义进入新时代的关键时期召开的一次十分重要的大会。党的十九大承担着谋划决胜全面建成小康社会、深入推进社会主义现代化建设的重大任务，事关党和国家事业继往开来，事关中国特色社会主义前途命运，事关最广大人民的根本利益。

中国特色社会主义进入了新时代，中华民族迎来了从站起来、富起来到强起来的伟大飞跃。当天，文秀聆听了习近平总书记提出的新时代的总任务和总目标，记住了中国共产党人的初心和使命，就是为中国人民谋幸福，为中华民族谋复兴。她把“不忘初心、牢记使命”认真记到笔记本上，牢牢记在心里，也应用到实际工作中。党的十九大召开后不久，全国人民迎来了传统节日——重阳节，这也是全国的第5个“老年节”，文秀抓住时机，从关爱老人入手，积极开展宣讲党的十九大的系列活动。

勇于担当，善于总结，勤于动笔，是文秀的工作常态。比如，计生工作对于熟练的老同志来说都难以开展，可她一个未婚女青年却要去面对，她刚开始工作时的尴尬可想而知。但是，她协同镇计生办的同志，针对那满镇的实际情况，逐一解决问题。她还从“优生优育”的角度，关心孕妇，关爱孕妇，为此她安排在全镇范围内开展免费孕前优生检查。三个月后，成效明显，这项工作得到当地群众的夸赞。

在拿到党的十九大报告单行本后，这位哲学学院研究生的钻研劲头来了。文秀晚上挑灯夜读，反复琢磨其中深意，对报告中的“决胜全面建成小康社会，夺取新时代中国特色社会主义伟大胜利”“把人民对美好生活的向往作为奋斗目标”“中华民族伟大复兴，绝不是轻轻松松、敲锣打鼓就能实现的”等重要论述进行研究，她在后来宣讲党的十九大时，作了反复的强调和精辟的讲解。

习近平总书记指出，小康全面不全面，生态环境质量很关键。广西于2014年7月吹响了以“村屯绿化、饮水净化、道路硬化”为重点的生态乡村建设号角，推动广大农村实现美丽蜕变。

“美丽广西·清洁乡村”活动不仅让广西乡村道路通畅、干净、整洁，山林常绿、碧水长流，田清园净、鱼欢果丰，还成为干部改变作风、服务群众的大平台，成为各族群众共享改革开放成果的大载体，成为撬动农村社会管理改革的新支点。

文秀当时分管那满镇的“美丽广西·清洁乡村”建设工作，任务艰巨。当时的露美村地处广西贫困的大石山区，村民刚刚解决温饱问题。清洁乡村活动启动后，文秀和村干部们来到村里，拿起锄头、扫把和乡亲们一起清洁环境、改造家园，实施高效节水灌溉和土地整治工程，发展芒果、养兔、养牛等特色产业。很快，露美村终于实至名归“露出了美丽”，村容整洁，村风文明，产业兴旺，村民年人均纯收入大幅提高，成了“美丽广西·清洁乡村”活动的标杆。

3 贫困孩子的读书梦

根据《南方日报》的一篇报道，我采访到了极为珍贵的一段往事。2017年12月13日《南方日报》发表了一篇题为《“只要腿能走，我还会接着去扶贫”》的报道，这是对“全国扶贫状元”陈开枝第101次到广西百色开展对口扶贫的纪实，文中写道：

“陈爷爷再见”“陈爷爷保重身体”……12日，在广东省老区建设促进会会长陈开枝结束第101次到广西百色扶贫的行程后，一些曾受到陈开枝资助的学生们自发前来送他。此次扶贫，陈开枝除了考察扶贫点之外，更重要的是带去他从北京、广东等地筹集的 3348 万元善款，用于发展当地教育。

“陈爷爷，我们祈福高中的同学都记得您！”在广州市政协牵头帮扶的百色市田阳县那满镇广新家园，大学生村官黄文秀对陈开枝说，“虽然您没有见过我，但我一直记得您。没有您就没有我的今天！”2008 年，黄文秀在百色市教育基金会的资助下就读于百色祈福高中，如今已成长为一名优秀基层青年干部。

文章中提到的“黄文秀”正是我们书中的主人公——时代楷模黄文秀。记者当时将黄文秀写成“大学生村官”，其实那个时候的文秀已经在那满镇挂职党委副书记 3 个月了。据那满镇镇长回忆，当时正好是文秀负责对接陈开枝一行，她终于与从未见过面的恩人相遇了！

文秀和这位从未谋面的恩人的缘分，还得从陈开枝与百色的缘分说起。1996 年 7 月，党中央、国务院决定开展东西部扶贫协作，广东省承担帮扶广西壮族自治区的任务。广东省委决定由广州对口帮扶百色，广州市委决定由时任常务副市长的陈开枝负责这项工作。当时，在百色 350 多万人口中，有 100 万人生活在不通公路的地方，80 万人饮水困难，60 万人处在绝对贫困线下，20 万人生活在极端缺乏生存条件的地方，3 万多名儿童因穷困而失学。1996 年 11 月 28 日，陈开枝第一次踏上百色的土地，从此他与这块红色的土地结下了不解之缘。

陈开枝在百色见到的最贫困的状况，概括起来就是住房“八面来风”，他说：“住房是八面来风，都是茅草房，到处通风进雨！”生活有“三个不上”：第一不上学——没钱读书；第二不上桌——没有东西吃，桌子椅子也没有；第三不上床——没被子盖，就睡在火塘边。

从帮扶贫困山区开通公路、建设移民安置新村，到教育扶贫，陈开枝倾注了自己的心血，他深刻认识到：扶贫必须不遗余力地扶教育，只有这样才能拔掉贫困的根！他常说："百色教育那么落后，从我的角度来说，智力扶贫、教育扶贫是考虑的重点，你让人们掌握了知识才能改变命运。"

1998年6月，陈开枝从广州市常务副市长升任广州市政协主席，不再承担对口帮扶百色的职责，但他没有停止扶贫，他给自己的重新定位是：充分用好广州市政协平台专攻扶智，解决百色教育落后的状况。1998年到2005年，他发动捐资近3亿元，新建、改建百色的242所中学、小学和幼儿园，惠及12个县区80多个乡镇，解决了百色老区8万多名少年儿童入学难的问题。

百色祈福高中创办于2000年2月，是百色市委、市政府创办的公办重点高中，在创办过程中得到香港相关爱心人士的鼎力支持，20年来这些爱心人士先后捐助3000万元资金支持学校建设，这都是陈开枝牵线搭桥的结果。现在这个学校的学生规模达到4000多人，90%是壮族、瑶族、苗族等少数民族的学生，40%是家庭贫困的学生，这个学校现在已成为广西壮族自治区示范性普通高中。

在百色祈福高中，有好几个用捐资人名字命名的特困学生班，这是陈开枝想出的办法。通过这一办法来争取爱心人士的捐助，解决特困学生的生活困难问题。陈开枝还促成香港爱心人士捐资近千万元，专门用于培养边境地区少数民族的200多名贫困家庭的孩子，供他们完成从小学到大学的学业。陈开枝还动员广州青年和社会人士搞"手牵手"活动，帮扶4000多名百色贫困孩子完成学业。

在这些来自贫困家庭的孩子中，文秀正是其中的一位，她就是得到了相关的资助，在祈福高中复读一年后才考上大学的，这也才有了她的今天。所以，那天她发自肺腑地说出了埋藏在心里多年的话：“虽然您没有见过我，但我一直记得您。没有您就没有我的今天！”

文秀引着陈开枝一行来到离百色市区 50 多公里的那满镇，文秀一路上做起了讲解：“那满镇是习近平总书记当年到过的地方，后来由广州对口帮扶，在新立村建起了全新的移民家园，在移民家园居住的 148 户 500 多人都是从山上搬迁下来的。当地人特地给这个移民新村起名为广新家园，以铭记广州的帮扶之恩。在广州投入 500 万元资金的帮扶下，村里通路、通水、通电，还建设有文化室、篮球场。农户通过种植火龙果、香蕉等水果和外出务工，人均年收入从 2000 多元增加到 10000 多元，村民们在新的家园里安居乐业。”文秀最后总结说：“这些，都归功于我们的大恩人——陈开枝先生啊！”

大家对此报以热烈的掌声。

陈开枝发现文秀这个女孩子开朗、大方，语言表达能力和逻辑性强，对她非常赏识。当了解到她的情况后，陈开枝勉励她努力工作，帮助更多的贫困户脱贫，也帮助更多的失学儿童回到学校上学。

扶贫是一项长期工作，中国的反贫困斗争该怎么做？文秀就这个问题当面请教了这位德高望重的“扶贫状元”，对此陈开枝总结了“五要”：认识要高、路子要对、感情要深、措施要硬、作风要实。

关于为人处事，关于老区建设，关于扶贫，陈开枝一路上娓娓道来，这对于文秀来说是莫大的收获。说到退休，陈开枝说，他退休后坚持扶贫是因为共产党员要永远不忘初心，做人要懂得感恩、报恩。陈开枝说他很喜欢诗人艾青的诗《我爱这土地》，最后两句最能代表他的深情：“为什么我的眼里常含泪水？因为我对这土地爱得深沉……”

文秀被陈开枝对百色的深情厚谊深深感动着，被这位长者的精神鼓舞着，更感觉自己返回百色报效家乡的选择真是太对了！文秀听说陈开枝经常唱的一首歌是《小草》，这是他的人生主题曲。于是，爱唱歌的文秀深情地唱起来：“没有花香，没有树高，我是一棵无人知道的小草。”同行的人也拍着手，一起跟着文秀唱起来：“从不寂寞，从不烦恼，你看我的伙伴遍及天涯海角……”

美妙的嗓音、真挚的情感、淳朴的表达，文秀的歌声唱得陈开枝的眼睛湿润了……

第七章 文秀的新长征

文秀给自己打气："有人曾说，让扶过贫的人像战争年代打过仗的人那样自豪，长征的战士死都不怕，这点困难怎么能阻止我继续前行。"

1

奔向百坭村

2018年3月，文秀刚刚结束在田阳县那满镇半年的挂职锻炼回到原单位百色市委宣传部，就听到部里同志说部里要增派干部到深度贫困村担任驻村第一书记的消息，她对照了条件要求，觉得自己非常适合，就毫不犹豫地报名了。根据她的申请，经组织审批，她被派往乐业县新化镇百坭村担任驻村第一书记。

从此，“黄文秀”这个青春的名字和爱笑的形象，她的汗水、鲜血甚至是生命，就和“百坭村”这个深度贫困村紧紧地连在一起了。

文秀记得自己挂职那满镇党委副书记时，反复学习过习近平总书记2017年6月在深度贫困地区脱贫攻坚座谈会上的讲话，她还在学习笔记里做了摘录，明白了“脱贫目标”的含义：“我们必须看到，我国脱贫攻坚面临的任务仍然十分艰巨。从总量上看，2016年底，全国农村贫困人口还有4300多万人。如期实现脱贫攻坚目标，平均每年需要减少贫困人口近1100万人，越往后脱贫成本越高、难度越大。从结构上看，现有贫困大都是自然条件差、经济基础弱、贫困程度深的地区和群众，是越来越难啃的硬骨头。在群体分布上，主要是残疾人、孤寡老人、长期患病者等‘无业可扶、无力脱贫’的贫困人口以及部分教育文化水平低、缺乏技能的贫困群众。在脱贫目标上，实现不愁吃、不愁穿‘两不愁’相对容易，实现保障义务教育、基本医疗、住房安全‘三保障’难度较大。”

脱贫攻坚本来就是一场硬仗，如何打赢这场没有硝烟的战争？

百坭村村委所在地鸟瞰图（百色市委宣传部供图）

习近平总书记语重心长地指出："深度贫困地区在2020年如期实现脱贫攻坚目标，难度之大可想而知。脱贫攻坚本来就是一场硬仗，而深度贫困地区脱贫攻坚是这场硬仗中的硬仗。我们务必深刻认识深度贫困地区如期完成脱贫攻坚任务的艰巨性、重要性、紧迫性，采取更加集中的支持、更加有效的举措、更加有力的工作，扎实推进深度贫困地区脱贫攻坚。"

从百色市到乐业县新化镇的路程有200多公里，当时乐业县还没有通高速公路，汽车行驶在云贵高原余脉那蜿蜒崎岖的山路上，摇摇晃晃将近5个小时才来到镇里，从镇里到百坭村只能换乘摩托车，摩托车走不了的山路只有下车步行前进。百坭村有11个自然屯，13个村民小组，共有472

户 2068 人，是一个深度贫困村，其中建档立卡贫困户 195 户 888 人，起初的贫困发生率高达 22.88% 以上。

2018 年 3 月 26 日，这是个普普通通的日子，但对于文秀来说却有特殊意义。这是她第一次踏进这个被列为深度贫困村的百坭村，也是她正式就任驻村第一书记的第一天，在她看来，这是自己奔赴扶贫新长征之路踏出的第一个脚印。

百坭村群众忘不了文秀第一次和他们见面时的情景。那是一个阳春三月的上午，春风拂面，村干部们和村民代表聚在一起，他们在等待市里派来的驻村第一书记。会议开始，村支书周昌战先介绍文秀，告诉大家这位就是新来的驻村第一书记。大家这才看清楚，刚才和大家说说笑笑的“学生妹”，就是他们等待的驻村第一书记、北师大硕士研究生黄文秀。

“大家好！我是黄文秀，大家可以叫我阿秀。”她自我介绍说，“毕业之后，我主动选择回到家乡工作，希望大家多多支持我的工作。我阿秀不是来作秀的，而真的是来干活的，谢谢大家！”青春的气息，爱笑的动人脸庞，文文静静的模样，这就是文秀留给当地群众的第一印象。

文秀继续笑着说：“我初来乍到，也不会讲什么大道理，我就先给大家唱首歌吧！以前有一部老电影，叫《我们村里的年轻人》，我唱电影里面的插曲吧！”

还没等大家鼓掌，她就大方地唱了起来：“樱桃好吃树难栽，不下苦功花不开；幸福不会从天降，社会主义等不来！……”文秀那甜美的歌声，爽朗的笑声，得体的话语和落落大方的举止，冲散了沉闷的会议气氛，会议室里顿时活跃起来，百坭村人用掌声来欢迎这位“学生妹”书记。

文秀的到来也给村民们带来了新的信息，尤其是党中央对脱贫攻坚的决心和相关政策。第一次开村委会，她介绍了全国贫困人群和贫困地区的特征与情况，让村干部们根据这些特征与情况和百坭村的贫困状况作比较。文秀为了全面掌握百坭村的致贫原因和现状，决定采取土办法，对村内的贫困户开展遍访工作，认真查摆问题并听取民情民意。

百坭村村委有两层办公楼，文秀就住在这栋办公楼一楼的一个小单间里。这个房间狭小、简陋，也就一桌一椅一床，但很整洁。炎炎夏日，房间里没有电风扇，更没有空调，文秀就用一把纸扇对付。在文秀的房间里，摆放着每天下村戴的草帽、夜巡用的手电筒、防止蚊虫叮咬的药水以及大瓶酒精，另外还有应对各种泥泞路况的高、中、低帮雨靴和运动鞋等。

小小的房间里，有两样东西格外打动我们，透过它们我们看到了文秀对群众、对生活浓浓的爱：一样是床铺下的塑料整理箱，里面装着准备送给孤寡老人的棉被和孩子的玩具；另一样是一把吉他，每当夜晚，总有小朋友来找她，听她弹吉他并跟她学唱歌。

百坭村的村委主任班智华是一个30岁出头的机灵能干的小伙子，是文秀在脱贫攻坚战场上的好战友。当他讲起与文秀一起工作的点点滴滴时，也曾几度哽咽："她还有个双肩包，一般都随身携带，里面装着工作手册和工作报告等材料。"

百坭村 195 户建档立卡贫困户分散居住在几个不同的山头，对不熟悉地形的文秀来说，要在最短时间内掌握全村贫困户的详细情况是非常困难的。一开始，村民们对她这个年轻的女书记缺乏信任，不愿配合她的工作，村民们一脸不屑地说："你这个小姑娘估计是来走过场的，我们跟你聊了也没用。"有的还说："跟你说了你能帮我们解决问题吗？之前来了这么多人都没让我们村富起来，你一个女娃娃就能行？别在这儿耽误工夫了，赶紧回城里享福去吧。"。

这些议论对于文秀来说，有些出乎意料，她在日记里写道："我觉得心里憋屈，搞不懂为什么辛辛苦苦地翻山越岭、走村串户，老百姓

黄文秀在担任驻村第一书记期间穿过的工作服局部图（广西乐业县百坭村供图）

却对我这么排斥……”她感到非常委屈，但没有气馁，她给自己打气：“有人曾说，让扶过贫的人像战争年代打过仗的人那样自豪，长征的战士死都不怕，这点困难怎么能阻止我继续前行。”

她向村里的老支书请教，老支书语重心长地对告诉她：“文秀书记，你刚来村里，老百姓对你还不熟悉，他们不愿意与你深聊，你也要理解他们。农村其实是一个熟人社会，老百姓跟你熟了，自然就接纳你了。”如何才能跟老百姓熟起来？那天晚上回到宿舍，文秀一宿没睡着，她在思考：要想让老百姓愿意接纳自己，就得让老百姓觉得自己和他们是一样的。

于是文秀改变方式，到贫困户家时不再拿着笔记本问东问西，而是脱下外套帮贫困户扫院子；贫困户不让她进家门，她就去两次、三次甚至更多次；贫困户不在家，她就去田里帮他们摘砂糖橘、收玉米、种油茶，一边干农活一边商量脱贫计策。为了能够更好地和村民们交流，从来不会喝酒的她，甚至主动带上酒和老乡们坐在一起拉家常。时间久了，村民们跟她见得多了，开始慢慢接受这位新来的驻村第一书记。“你这个女娃娃还真是‘难缠’得很哩！”气氛开始融洽了，不少贫困户还经常这样跟她开玩笑。

“第一书记工作很多，但是她非常认真，每个环节都很细心，经常开会开到很晚，有时候会一直开到凌晨一两点，把工作都落实好了才休息。”百坭村村支书周昌战深情回忆道，“因为许多村民白天不在家，所以文秀书记一般是下午五六点钟开始入户走访。到一户家里没人，我们就走下一户，如果这家还是没人就再往下走，有时只能趁着人家煮饭的时候入户调查。”

村妇女主任韦玉行告诉我：“为了尽快熟悉贫困户的情况，文秀在笔记本上绘制了贫困户分布图。自从驻村以来，文秀就一直到处跑，没闲过。当地的村庄分布比较散，好几个屯都距离村部10公里以上，到偏远的那洋屯要走13公里山路。文秀用了两个多月时间把全村跑遍了，将全村人的所有情况都掌握了，了解了村情民意，摸准了致贫原因，为进一步开展扶贫工作打下了良好的基础。”

为激发贫困户脱贫内生动力，文秀还以“乡风文明红旗村”创建工作为切入点，结合百坭村实际开展了文明家庭评比、善行义举榜活动和村规民约吟诵比赛，并与北京师范大学哲学学院本科生社会实践志愿队结对联建百坭村“乡村振兴，青年有为”志愿服务队，定期在百坭村内开展志愿服务活动。通过开展一系列活动，营造了百坭村团结奋进的脱贫氛围。

村里的路平了，夜晚的灯亮了，百坭村人通往小康的“路”宽敞起来了，心中的“灯”也更亮了，慢慢地文秀也赢得了百坭村人的信赖，她用自己独特的方式，就这样悄悄地走进了百坭村人的心里。

2

以百坭为家

她像春雨，润物细无声——百坭村村支书周昌战用这个比喻来形容文秀。在周昌战的记忆里，和文秀书记在一起工作时，没有发生什么惊天动地的大事，她就像春雨，细致而温柔，而且出现得还很及时。

周昌战告诉我们，文秀于2018年3月来到村里做驻村第一书记，为了不在白天耽误村民们干农活，她常常在晚上和下雨天入户开展工作，一旦下雨村里的路就很滑，但她从来没有退缩过。

文秀以百坭村为家，把村民当成自己的亲人去关心。她在村委二楼会议室建起了规范化党员活动室；她讲的党课，对党中央的方针政策领悟得很深，而且切合百坭村的实际，对党员干部开拓思路、找准方向很有帮助；她带领党员干部严格执行党的纪律和规定，认真开展组织生活；她还主动关心慰问“五保户”，关爱村里的弱势群体。

她一边入户调查，一边思考：在这山高坡陡之地，什么样的产业可以打响全村致富的第一炮呢？为了解答这个难题，文秀收起漂亮衣服，换上运动装，脱下高跟鞋，穿起运动鞋，风风火火地走村入户，显得更朴实精干了，大家也越来越喜欢这个从北京回来的大姑娘了。

经过仔细的走访调研，文秀心里有了底。她认为，百坭村最突出的问题是生产生活条件差、农民增收难、集体无收入，因学致贫和因残、因病致贫占比最高。说到底，百坭村最需要的是发展。而发展，对百坭村来说应该主要抓两个方面——交通与产业。

说到交通问题，尽管做足了思想准备，但一踏入百坭村，文秀还是感到震惊！百坭，这个偏僻的山村无人知无人晓，一直在大山里沉默。高高的大山，深深的谷底，仿佛到了世界的尽头，再往前已无路可走了。文秀感到泰山压顶般的沉重，有点喘不过气来，摆在她面前的是一块脱贫攻坚的“硬骨头”！文秀在她刚进村后的日记中写道：“路不好走，客商进不来，果子运不出。”

百坭村有11个自然屯，被大山包围、道路崎岖、易塌方、路难行，交通不便的问题是严重制约百坭村村民生产生活发展的“老大难”问题，改善当地交通条件一直是文秀最为急迫的心愿。

因为行路难，这里的村民吃尽了苦头。据村民回忆，那时候进村的路相当难走，连摩托车都很难通过。到了收获季节，果子运不出去，汽车进不来，种下的果子很多都掉在地上而无人问津。曾经的贫困户、如今的全村致富带头人班统茂告诉我们，以前全村砂糖橘虽种得多，但由于缺技术、缺资金，长期管护差、收成少，再加上落后的基础设施，导致砂糖橘滞销，几乎没什么收入，村民们都失去了种植砂糖橘的信心，于是他们将地撂荒，背井离乡，外出打工。“打开山门迎远客，天堑变通途”，这是多少代山里人梦寐以求的愿望啊！

要致富，先修路！交通是制约百坭村发展的最大瓶颈。文秀和村委干部们决定把解决交通问题放在首要位置。当时很多地方早就解决的修路问题，在这个偏僻的山村却还是“老大难”的问题。文秀了解到，百坭村群众对山上片区5个屯的通屯道路硬化问题意见较大。这5个屯在2014年已经修通通屯的砂石路，这条路有22公里长，但路面尚未硬化，由于当地雨季长、雨量多，这就暴露出砂石路的缺点，多处路段的砂石已被雨水冲刷流失，到处坑坑洼洼。每当下雨时，这些地方的路面就泥泞不堪，连越野车都很容易深陷其中，部分路段连摩托车都无法通行，甚至有些路段因泥石流、滑坡等出现垮塌。这不仅影响了附近群众的交通出行，甚至让很多孩子无法上学，也限制了全村的产业发展。

群众之事无小事，这是文秀的工作原则，所以她一件接一件地去办理。她和村“两委”（村党支部委员会、村民委员会）制订了5项水利工程建设规划，涉及烟叶生产基础设施的有3项。她在笔记本上详细记录着工作计划：百果屯和百爱屯“那红”水利工程全长600米，百布屯水利维修20米，百果屯、百坭屯水利维修20米……村内开展乐凤二级公路建设，产生征地和土地纠纷大大小小共计20多起，文秀前后40多次深入现场了解情况并耐心调解，成功化解矛盾，她因此成为不少群众的知心人。

就在文秀牺牲的前3天，2019年6月14日一大早，文秀和村干部带人拿着水管去陡坡上修缮被暴雨损毁的水渠，他们花了3个多小时才接通水道，暂时解决了问题。在修水渠的时候，班智华牵马驮着物料来回运送，这匹马经常为村里驮运农用物资和烟叶，文秀看到后心疼地说：“马儿太累了，我带它吃点草，休息休息。”就在她牵马上坡的时候，有人用手机拍下了这个瞬间，这是她留下的最后的工作照。

在大学里爱穿漂亮裙子的文秀，在驻村期间却基本只穿运动装、运动鞋，她把自己漂亮的裙子和高跟鞋悄悄地收了起来。有一次过节，周支书不想让她一个人孤零零地过，便盛情邀请她去自己家吃饭，文秀很爽快地答应了。

那天完成进村入户工作后回到自己的宿舍，文秀特意回房间洗漱、换装，当她走出来的时候，只见她一袭白色长裙，长发飘飘，还背起她的那把

黄文秀在百坭村参加水渠修缮工作时与马匹的合影
（新华社供图）

吉他，身上充满着青春朝气。她笑眯眯地走出村委办公楼，周支书一下子认不出来了，以为换了一个人。文秀说：“这样去赴宴，才合乎礼貌，是对主人的尊重啊！”

周支书由衷地说：“你这么一打扮，太漂亮了！”

文秀调皮地说：“哈哈哈，你没看见，我穿长裙，脚上却穿着运动鞋，还是不协调的，但是穿高跟鞋走不了山路啊！”

这就是文秀留给周支书和村民的生动的永恒的印记。

文秀从不谈自己家里的情况，直到出事后媒体报道，大家才知道她家也是贫困户，她靠党和政府的帮助以及爱心人士的资助才完成了学业，驻村期间老父亲又身患重病，但她为了百坭村的事业，回田阳老家的次数变少了。在文秀驻村满一年的那天，她的汽车仪表盘里程数正好增加了25000公里，她发了一个微信朋友圈："我心中的长征，驻村一周年愉快。"

凭借着一颗纯粹的心和脚踏实地的作风，文秀如温柔的春雨，一点点地润泽了百姓的心，给这片贫穷的土地带来了更多希望。她真正做到了想群众之所想，急群众之所急，她身上体现的正是共产党员的担当精神。文秀来到百坭村后，经过一年多不懈的努力，百坭村发生了一个个喜人的变化：2018年，全村通过易地扶贫搬迁脱贫18户56人，教育脱贫28户152人，发展生产脱贫42户209人，贫困发生率降至2.71%。完成屯内1.5公里的道路硬化，新建4个蓄水池，完成一个屯17盏路灯的安装，村集体经济收入6.38万元，百坭村获得百色市"乡风文明红旗村"的表彰……百坭村人终于笑起来了。

习近平总书记曾指出："年轻干部要到重大斗争中去真刀真枪干。"文秀正是这样优秀的年轻干部！

3 一碗米的最大价值

和村民渐渐熟悉之后，文秀感到与村民的相处变得越来越融洽了。得到了大家的接纳之后，她心里觉得很开心，于是她每天的入户走访也开始和大家有说有笑的了。在她调查村里的贫困情况时，村里人也好奇她为啥要跑到农村来工作。

有一次，在走访全村偏远的长沙屯之后，该屯的贫困户黄仕京坚持要留工作人员在他家一起吃晚饭，文秀和村支书周昌战答应了，但文秀拦住老黄说："不要杀鸡，吃你家种的青菜就好了。"

吃饭的时候，黄仕京突然问文秀："书记，听大家说你是大学毕业生，还是北京回来的研究生，怎么会想到要来这么边远的农村工作呢？我的孩子以后也会面临找工作的问题，我真的好奇你当初的选择。"

文秀思考了片刻之后对他说："百色是我的家乡，我学有所成，怎么还有理由不回来呢？一位著名的社会学家说过，一个国家的落后首先是精英的落后，而精英落后的标志就是嘲笑民众的落后。我们党深刻明白这个道理，从而提出要教育扶持一批人脱贫，并且扶贫不仅要扶志，还要扶智。这样一个切实为群众谋发展、谋福利的党，我们怎么能不响应党的号召呢？"

黄仕京家有 5 口人，他的父亲当时已经 84 岁，大儿子是广西民族大学大二的学生，二儿子读高三，家庭开支主要依靠销售家里种植的八角和农闲时黄仕京外出务工取得的收入来维持，他们家成为贫困户的原因是因学致贫。吃饭的时候，黄仕京叹气说，家里穷，两个孩子读书，负担就更重了，想让老二放弃高考，回来跟他务农算了。

文秀听了以后，心里咯噔了一下。她忽然间想到了自己的家，想起自己的父亲母亲，她家里也穷，要同时供她和哥哥姐姐 3 个孩子读书，太不容易了！老黄看到文秀不夹菜吃，以为她在客气，就把菜夹到她的碗里。

文秀说："老黄，你让我想起了我的父亲，我的父亲对我们也是这么好。"

老黄问道："你们家也许比我们家富裕，所以能供你读书，还读到研究生，要不怎么培养出你这样的高材生呢！"

文秀一时语塞，她只能如实回答："我们家跟你们家差不多的。"

说到这里，在座的人都不太相信，文秀这么洋气的女孩子，会是穷人家出来的？不过，文秀也习惯了大家的不相信，遇到这些疑问，任她怎么解释，提问者都不相信，甚至以为她装穷。其实文秀很清楚自己的家庭情况，但她不轻易把家里的实际情况告诉外人。难道她要告诉老黄，她自己的家也是贫困户，自己的父母亲都是病重缠身的老人？此时她感觉说这些都不妥，眼下

黄文秀（右一）积极与贫困户沟通交流（百色市委宣传部供图）

最要紧的是如何纠正老黄不让二儿子读大学的错误思想。这种错误思想在百垠村里还是比较普遍的，直接影响到百垠村孩子的教育问题，说得更远一点，会影响到百垠村未来的发展。

她直接切入正题，问道：“是老二自己不想高考，还是他成绩不好不愿读书？”

周支书在旁边解释，说老黄家的老二从小成绩就名列前茅，现在在备考，想学医，目标是考上医学院，以后当医生。

文秀说道：“那太好了呀！很有志气啊！”

老黄说道：“好什么好哟！没必要读这么多书的，会写写字、算算数足够了，就算上了大学又有什么用，毕业出来也就一两千块钱的工资。之前看电视，说大学的高材生毕业出来卖猪肉，研究生毕业了应聘去当城管……你研究生毕业，不也来到这穷山沟工作？”

文秀发现“读书无用论”在贫困村里较普遍存在，大多数农民都这么认为，她觉得讲大道理无济于事，于是就想到用另一种方式来沟通。

文秀说：“好吧，我们现在每个人都端着一碗米饭吃，我就从这碗米饭说起。请问一下，这碗米饭值多少钱？”

老黄说：“哎呀，文秀书记，这碗米饭不值什么钱的！”

文秀说：“我们先不说现在上大学有没有用，我先给大家讲一个故事。有一个徒弟问他的师傅：‘一碗米能有多大价值？’师傅若有所思地说：‘因人而异。把这碗米交给一个家庭主妇，加点水，上锅蒸个十几分钟，出来就是一碗米饭，这是一块钱的价值；在一个有点经济头脑的小商人手里，他把它泡一泡、发一发，分四五堆，用粽叶包起来做成四五个粽子，也就是四五块钱的价值；同样一碗米，如果交给一个大商人，他加入酒曲，加热、发酵，出来一小瓶酒，这瓶用米酿出来的酒可能有二三十块钱的价值。’所以一碗米的价值因人而异，人生的价值也是因人而异的，上大学的价值对我们每个人而言也是不同的。”

文秀继续说：“众所周知，上了大学以后，大学生能学到一定的专业知识和实践技能，从而依靠和运用这些知识和技能寻求就业机会，并逐步获得一定的社会地位。以中国目前的实际，上大学获得大学文凭，就有可能获得更多的就业机会，没有大学文凭，对许多职业便只能徒增奈何而无从入内。从这一点上说，上大学是谋职、谋生的需要。人要生存，要保证温饱，当然并非一定要上大学，因为不上大学照样可以功成名就，过得很好，这样的例子俯拾皆是、举不胜举。人为万物之灵，理应具有更高的追求。在生存、温饱得到保证之后，求的是个人素质的持续发展和不断提高，即求得内心生活的丰富，同时也是求得智慧、情感和道德的丰富。其实人生好比一碗米，我们要让一碗米实现最大的价值啊！……”

周支书听到文秀这么深入浅出的解答，他心里暗暗佩服这位“学生妹”书记，她的肚子里还真有料。

老黄说：“哎呀！文秀书记，听君一席话，胜读十年书啊！我豁然开朗了！我再穷，也要支持孩子考大学，毕业出来之后好为国家做贡献！”

老黄说完，起身去倒了两碗酒，递给文秀一碗，恭敬地说：“文秀书记，我老糊涂啊，差点犯错误了，让你点醒了，我敬你一碗酒！”说完就“咕咕咕”地干了。在座的人望望文秀，以为文秀会推脱，没想到文秀只是犹豫了一下，便起身双手捧着盛满米酒的碗，一口干了下去，这让大家惊呆了！

后来，老黄的二儿子很争气，考取了广西医科大学。文秀得知后登门祝贺，同时为他家申请了“雨露计划”，这使老黄家一次性获得了5000元的教育补助，解决了他家的燃眉之急。

老黄非常感激文秀，说她真是雪中送炭啊！他教育自己的孩子要以文秀为榜样，表示也要让自己的孩子争取在学校入党，以后毕业了也回到家乡，建设家乡！

4

没有全民健康，就没有全面小康

“人民对美好生活的向往，就是我们的奋斗目标。”精准脱贫是党的十九大确定的三大攻坚战之一，健康扶贫是打好脱贫攻坚战的重要举措。习近平总书记十分关注健康扶贫，在扶贫考察、会议座谈等重要场合多次强调健康扶贫的重要性，提出了一系列新思想、新论断，如“没有全民健康，就没有全面小康”“经济要发展，健康要上去，人民的获得感、幸福感、安全感都离不开健康”。

2018 年 4 月 17 日，这是文秀来到百坭村担任驻村第一书记将近一个月的日子。这天，在百坭村的村卫生室有一个活动，是文秀第一次专门针对贫困户尤其是村里老人集中举办的一次活动——举行健康扶贫体检，同时还邀请到镇卫生院的医生开展义诊服务活动。

村里的群众吃过早饭后，三五成群地来到村卫生室，一些老人由小孙子、小孙女陪着来了。他们一是想享受送到家门口的免费体检，二是想看看这个新来的“学生妹”书记给大家带来的新鲜事。因为这段时间以来，文秀书记一头扎进村里，访贫问苦，对大家嘘寒问暖，体贴入微，越来越得到村民们的接纳与喜爱。

为助推百坭村高质量脱贫，打赢脱贫攻坚战，保障百坭村困难群众都能享受基本医疗保障权益，作为驻村第一书记，文秀多次组织村“两委”召开会议，要求村“两委”全力以赴助推百坭村脱贫攻坚，并以身作则加大日常走访力度，加大对村低保户、五保户、孤儿、建档立卡贫困户、低收入人群宣传医疗救助和医保扶贫政策的力度，确保在脱贫中不落下一个人。

文秀来到百坭村后，时刻惦记着村里的困难群众，经常拿出自己的工资收入慰问和资助村里的孤寡老人和留守儿童，还经常将自己所煲的汤和所煮的粥送给村里的老人。对于双目失明的76岁老人黄妈南来说，文秀虽然不是自己的亲人但胜似亲人，因为老人的家人经常外出，而文秀却时常出现在老人面前，给老人端水送饭、洗衣扫地，还挽着老人的胳膊绕村子散步，陪老人聊天散心。后来，她为老人办理了残疾证，申请到残疾补贴，每月有80元。

因病致贫、因病返贫是脱贫攻坚中存在的最大风险，为确保精准扶贫医疗保障工作落到实处，文秀对村里的困难群众逐一进行入户调查，发放医疗救助宣传资料，讲解医疗救助新政策，介绍医疗救助范围、比例和上报医疗救助的条件、流程，宣传“先诊疗后付费”“一站式”“异地结算”等服务项目，帮助困难群众及时掌握最新的医保政策。

通过摸排和与困难群众的沟通交流，文秀及时将信息反馈到了新化镇卫生院，镇卫生院在接到文秀的请求后，立即部署和开展工作，及时到百坭村开展健康体检活动。

百坭村原来是没有村卫生室的，村医罗昌明只能在自己的家里接诊。为改变这一不符合规定的现状，文秀和村“两委”商定，将村部原来用来堆放杂物的几间仓库改造成村卫生室。后来，文秀和村干部们自己动手搬运东西，腾出地方，按照村卫生室的基本要求将场地粉刷一新。百坭村终于有了自己专门的卫生室了，村医罗昌明也正式在村卫生室开展接诊服务。

这天，在村部的高音喇叭里，传出了《健康扶贫政策顺口溜》，大家饶有兴趣地听着：

健康扶贫政策好，群众看病有保障。
大病集中专项治，九种大病要知道。
慢病办理慢病卡，门诊看病有报销。
平时健康有人管，家庭医生来签约。
一人一策很精准，综合服务好周到。
参加医保是关键，以免得病瞎着急。
住院不交押金钱，治疗过后再结算。
住院不设起付线，报销比例都提高。
重病还有大病保，起付减半比例高。
医疗救助添助力，住院报销一站式。
住院费用有兜底，一百最多掏十块。
出门看病莫着急，看病先去找村医。
住院转诊要分级，不然就要多交钱。
合理膳食保康健，戒烟限酒多锻炼。
脱贫仍不脱政策，脱贫不再有顾虑。
撸起袖子加油干，精准发力奔小康。

为了向大家讲解什么是健康扶贫，宣传党的健康扶贫政策，文秀召集村民们进行宣讲。看到大家到齐了，村支书周昌战说完开场白后说道：“请第一书记文秀讲话！”大家热烈地鼓起掌来。

文秀穿着印有“第一书记黄文秀”字样的马甲，显得很精神，她站起来和大家说：“各位乡亲父老，大家都很关心自己的健康，这是好事。保障大家的健康也是我们村委要做的事情，健康扶贫是精准扶贫的一个重要方面。因病返贫、因病致贫现在是我们脱贫攻坚的主攻方向。”

接着，文秀说了这样一个比喻：“‘1’代表健康，‘0’代表地位、财富和名誉，只有当你拥有‘1’时，后面的‘0’才越多越好。但当你的‘1’不存在时，再多的‘0’也是徒然，因为你一无所有。来到百坭村，我们听到这样一句话，‘救护车一响，一头猪白养’，这个说法很形象。在我们村里，因病致贫、因病返贫的现象很明显，例子也多，成了我们脱贫的绊脚石和拦路虎。”

她继续宣讲，围绕“看得起病、看得好病、少生病”，解读了国家和广西出台的大病集中救治一批、慢病签约服务管理一批、重病兜底保障一批的“三个一批”行动计划的内涵。她说：“因病致贫、因病返贫，是脱贫攻坚的重要难题，我们要牢牢抓住贫困人口的医疗保障，精准施策，拔除‘穷根’。党的十八大以来，党中央把人民身体健康作为全面建成小康社会的重要内涵，从维护全民健康和实现国家长远发展出发，正在铺设一条以人民为中心的‘健康之路’。”

文秀说：“我们广西已印发广西健康扶贫工程‘三个一批’行动计划实施方案，全面落实大病集中救治一批、慢病签约服务管理一批、重病兜底保障一批的工作要求，将健康扶贫落实到人、精准到病，进一步推动全区健康扶贫工作。方案提出，2017至2020年，广西将对核实核准的患有大病和长期慢性病的农村贫困人口（指建档立卡贫困人口和农村低保对象、特困供养对象、贫困残疾人），根据患病情况，实施分类分批救治。其中，大病集中救治一批，通过明确救治病种、确定定点医院、确定诊疗方案等，开展农村贫困家庭大病专项救治，按照‘三定两加强’原则，对患有大病的农村贫困人口实行集中救治；慢病签约服务管理一批，开展农村贫困慢病患者健康管理，按照家庭医生签约服务协议内容要求对患有慢性疾病的农村贫困人口实行签约服务健康管理；重病兜底保障一批，提高医疗保障水平，切实减轻农村贫困人口医疗费用负担，有效防止因病致贫、因病返贫。实施该行动计划将是今后一个时期内广西各级医疗卫生机构的重要任务。2020 年，要基本完成核实核准患有各种大病和长期慢性病农村贫困人口的分类救治工作。”

最后文秀说：“只有切实解决因病致贫、因病返贫的问题，才能打赢脱贫攻坚战。”

接着，文秀和村干部们现场为群众发放医疗救助宣传资料，讲解医疗救助新政策，帮助群众牢固树立“自己是自己健康的第一责任人”的新观念，使群众掌握了正确的防病知识、科学的就医知识和合理的用药知识，向群众普及健康的生活方式。

在担任驻村第一书记期间，文秀经常深入各屯。当文秀在百果屯因病致贫的贫困户韦胜若家中调查情况时，发现他的妻子黄玉妹患有类风湿性关节炎，常年依靠药物减轻疼痛，经常为了此病到县级和市级医院治疗，并为此花费了高额的医疗费用，再加上家里 2 个小孩还在上学，使得家庭经济变得紧张，生活变得困难，而家中又只有韦胜若 1 个劳动力，他一边要照顾家中生病的妻子，一边还要为家庭开支寻找经济来源。为此文秀常常到韦胜若家中进行看望，并多次反映到县扶贫办，该情况得到了县里的重视。

文秀还联系了县农合办了解到了 29 种慢性病，得知黄玉妹的病情符合办理慢性病卡的条件后，文秀马上收集办理慢性病卡的相关材料，并拿到村卫生室给村医罗昌明整理，然后一起送到县农合办。县农合办拿到相关材料后为黄玉妹办理了类风湿性关节炎慢性病卡，使黄玉妹在后续的治疗中得到了医疗保障。

后来，文秀又了解到黄玉妹因关节经常疼痛导致行动不便，她联系了县残联，为黄玉妹申请了一个轮椅，使黄玉妹在日常生活中能够自理，从而减轻了家庭负担。

文秀通过努力，让百坭村村民转变了“有病就苦熬”的观念和习惯，引导村民们树立起正确的健康理念。

5

扶贫“新手”如何“上路”？

从刚进村时受到村民的质疑，到解决百姓难题后获得村民的信任，文秀的扶贫征程上充满了艰难和坎坷，面对质疑她不放弃，面对困境她不退缩。在采访过程中，我们看到了文秀写的一篇驻村工作总结——《扶贫，从“新手”到“熟路”》，这篇总结较完整地反映了她驻村的心路历程，下面我们选取其中部分内容进行呈现：

2019 年全国两会召开期间，习近平总书记在参加各省（区、市）代表团审议时多次谈到脱贫攻坚。在参加甘肃代表团审议时，习近平总书记强调：“脱贫攻坚越到紧要关头，越要坚定必胜的信心，越要有一鼓作气的决心，尽锐出战、迎难而上，真抓实干、精准施策，确保脱贫攻坚任务如期完成。”作为脱贫攻坚一线的基层干部，学习习近平总书记的讲话精神，我深有感触。

2019 年 3 月 26 日，我担任百色市乐业县新化镇百坭村驻村第一书记刚满一年，一年来，我坚持带领群众学习贯彻习近平总书记关于扶贫工作的重要论述，坚持吃住在村，摸透村情民意，团结党员群众，以昂扬的斗志、饱满的热情、旺盛的干劲，带领村“两委”干部如期完成百坭村 2018 年的各项脱贫攻坚任务，从一名扶贫“新手”变得“轻车熟路”。

在我驻村满一年的那天，我的汽车仪表盘里程数正好增加了 25000 公里，我简单地发了一条微信朋友圈：“我心中的长征，驻村一周年愉快。”

还记得初到百坭村的情景，那时候我还是一个从没有接触过农村工作的“新手”。为了贯彻落实习近平总书记一直强调的“坚持精准扶贫、精准脱贫，找到问题根源，增强脱贫措施的实效性”，为了全面掌握百坭村的致贫原因和现状，我坚持用土办法，对村内的贫困户开展遍访工作，认真查摆问题并听取民情民意。

百坭村全村一共有 195 户建档立卡贫困户，分散居住在几个不同的山头，对于我这个不熟悉地形的“新手”来说，要在最短时间内掌握全村贫困户的详细情况，是非常困难的。但我没有失去信心，我想起了那句话——让扶过贫的人像战争年代打过仗的人那样自豪，长征的战士死都不怕，这点困难怎么能阻止我继续前行。

经过两个月的摸底，我基本掌握了全村概况。百坭村共有 472 户 2068 人，建档立卡贫困户 195 户 888 人，2017 年未脱贫的为 154 户 691 人，因学致贫和因残、因病致贫占比最高。

除了走访全村的贫困户之外，我还有针对性地走访了村内党员、退休村干部、退休教师以及各村屯的小组组长。他们反映最为集中的一个问题就是山上片区 5 个屯的通屯道路硬化问题。这 5 个屯在 2014 年已经修通通屯的砂石路，但南方雨季长、雨量多，多处路段砂石已被雨水冲刷流失，一下雨，路面就泥泞不堪，坡度较陡的路段一到雨季连摩托车都不能通行，还有一些路段因泥石流、滑坡等出现了垮塌。这不仅影响了附近群众的交通出行，还导致一个问题：限制了村里的产业发展。全村的产业都集中在这 5 个屯的范围内，基础设施的完善对百坭村的发展至关重要。对于群众反映的这些问题，我都一一记录在驻村日记中，并向上级相关部门反映情况。2019 年，除了 2 条路已达到通屯道路标准没有列入之外，其余 3 条路已列入乐业县 2019 年第一批财政专项扶贫资金安排项目。

习近平总书记关于“六个精准”的论述一直是我开展扶贫工作的方法论，为了实现“措施到户”精准，按照县里的统一要求，我在村内组织召开了多轮研判会，针对全村未脱贫户、已脱贫户，每一位结对帮扶干部就自己帮扶贫困户的收入情况、产业发展情况进行了汇总。对于已脱贫的贫困户也不能降低帮扶力度，继续做好跟踪帮扶工作，同时建立返贫预警机制，巩固脱贫成效；对于未脱贫户则是因户施策，杜绝虚假脱贫和“数字”脱贫。同时，同步做好国家扶贫政策的宣传，提高群众的知晓率和获得感。

2018 年行驶过的扶贫之路，对我而言更像是心中的长征。在这条路上，我拿出了极大的勇气和极大的信心，克服各种困难，2018 年带领全村通过易地扶贫搬迁脱贫 18 户 56 人，教育脱贫 28 户 152 人，发展生产脱贫 42 户 209 人，共计 88 户 417 人；完成了屯内 1.5 公里的道路硬化，4 个蓄水池的新建，一个屯 17 盏路灯的亮化工作，村集体经济收入实现 6.38 万元，获得了 2018 年度“乡风文明红旗村”荣誉称号。

截至目前，全村还有 15 户 56 人未脱贫，百坭村的基本公共服务还有待建设完善，如何推进产业发展还需继续谋划。面对这些，我充满信心，我将一如既往地坚持贯彻落实习近平总书记关于扶贫工作的重要论

黄文秀（左二）与同事一起走访贫困户（百色市委宣传部供图）

述，坚持目标标准不动摇，贯彻精准方略不懈怠，行百里者半九十，不搞急功近利，杜绝形式主义，继续加强农村基层党组织建设，继续增强群众获得感、幸福感、安全感，为百坭村如期打赢脱贫攻坚战、如期和全国同步进入小康社会做出新的贡献。

通过这篇文章的部分内容，我们能够感受到文秀扶贫之路的点点滴滴，从而感受到她这一路走来的艰辛与不易。

2019 年 7 月 1 日上午，我在乐业县委宣传部和乐业县文联有关人员的陪同下，联系上乐业县新化镇政府的工作人员，得以来到文秀生前在镇里的住处。10 平方米左右的地方，除了床铺，还有一个简易的书架和电脑桌。书架上放着两本驻村日记，里边记录了文秀驻村工作和生活的点滴。

文秀遇难后，她的驻村日记显得极为珍贵，上级通知要把她的日记本收存，我赶紧抄录和翻拍了其中一部分，并按时间顺序做了简要归类。让我们一起跟随文秀的日记，感受她扶贫之路的点点滴滴，向她赤诚而火热的初心致敬。

日记的一部分是文秀初来百坭村的感受。文秀到乡镇报到后就到百坭村担任驻村第一书记，初来乍到的她马上碰到了困难：

2018 年 4 月 2 日，村“两委”见我是一个女生，对我也是充满好奇和期待，好奇的是我一个女生为什么来做第一书记，同时非常期待我能给大家带来改变。

我觉得心里憋屈，搞不懂为什么辛辛苦苦地翻山越岭、走村串户，老百姓却对我这么排斥……要想让老百姓愿意接近我，就得让老百姓觉得我和他们是一样的。

6 月 9 日，目前全村有 89 户预脱贫贫困户，但我尚未能全部入户。今天虽然是周六，但我一共入户了 8 户贫困户，这些贫困户所在屯是道

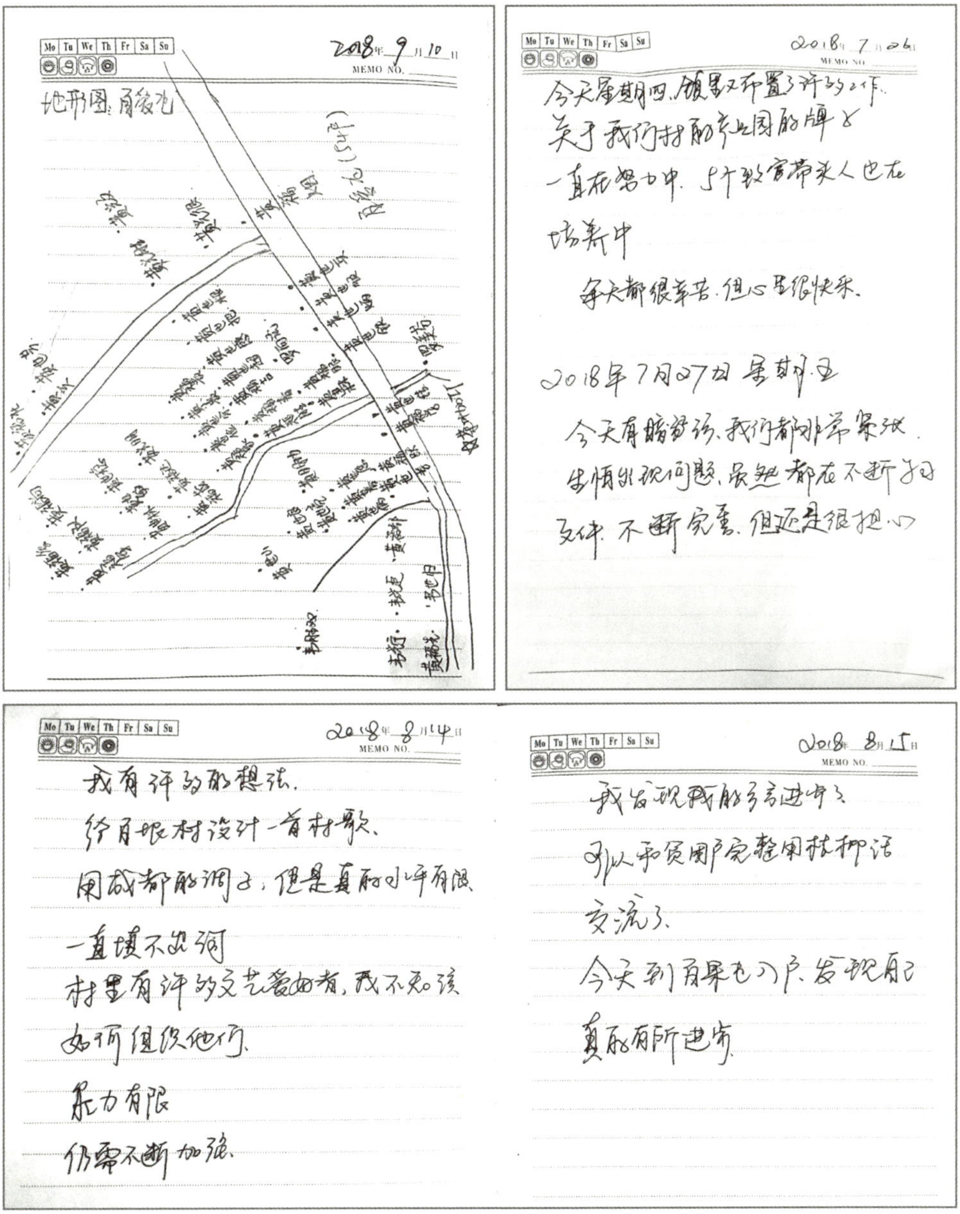

黄文秀手绘的贫困户分布图以及她写的部分驻村日记（百色市委宣传部供图）

路尚未硬化的几个屯之一，他们生活得确实比较困难。

6月25日，乐业近日进入雨季，通往乐业县的路段发生了塌方，情况非常危急。我知道消息后马上联系村支书，让其时刻关注百坭村情况，这个周末过得十分紧张。

驻村日记的另一部分是文秀深入开展扶贫工作和真心投入扶贫的记录：

2018年7月26日，关于我们村的产业园的牌子，一直在努力中，5个致富带头人也在培养中。每天都很辛苦，但心里很快乐。

8月15日，我发现我的方言进步了，可以和贫困户完整用桂柳话交流了。

8月16日，不知不觉就到了8月份，时间过得真快，我以为自己无法坚持，但真的走到了今天。

9月11日，今天一起到长沙屯走访了贫困户，重点查看了住房和饮用水问题，都达标了，心里十分开心。

在文秀的驻村日记里，有一张手绘的百坭村贫困户分布图。每次走访完村民，文秀就会在驻村日记上标出每一户人家的名字和位置。在文秀的驻村日记里，字里行间无不透露着她对基层工作的认真投入和对百坭村百姓脱贫致富的真切期盼。

第八章

稻田里能长出『黄金』吗？

文秀说："我接受了党的任务，就要和时间赛跑，群众脱贫了我再好好休息，这样心里才安稳踏实。"

1

贫困村的另一条产业路

1492年10月12日，在大西洋茫茫的海面上，“圣玛利亚”号、“平特”号、“宁雅”号3艘大帆船，借着强劲的海风，箭一般地向前方行驶。这时，一位金发碧眼的头领模样的中年人，从望远镜里看见远方的海岸，他兴奋地叫喊着：“看到啦！看到啦！我们发现新大陆啦！”

这天拂晓，水手们终于看到了一片黑压压的陆地，全船发出了欢呼声。他们在海上整整航行了2个月零9天，终于到达了美洲巴哈马群岛的华特林岛，又名“圣萨尔瓦多”，意思是“救世主”。那位兴奋的中年头领，就是意大利探险家、航海家哥伦布。

哥伦布一行经过70天不见陆地、不靠岸的航行，终于抵达了西半球的第一块陆地，他看到的这片新大陆就是北美洲。这个发现对世界产生了意想不到的巨大影响，新大陆的发现，是世界航海史上的空前壮举，它开辟了一条抵达美洲大陆的新航线，成为人类历史发展的重要转折点。

哥伦布和船员们在登上新大陆后，他们敏锐地观察到当地的原住民印第安人有一个习惯，那就是在劳作休息之余，当地的人将干燥扭曲的棕榈叶或车前草叶卷起来燃烧，然后用鼻子去吸食其冒出的烟气，以此来提神，这即是最原始的“雪茄”。哥伦布和船员们顺藤摸瓜，发现附近的海岛上有一种从来没见过的稀奇植物，土著人将此类植物的叶子晒干然后燃烧并吸取其烟气。他们觉得挺有趣的，于是就模仿起来。后来，他们向外推广了这种吸食的方法，这就是影响世界的行为——吸烟！

尽管当年哥伦布在发现的新大陆上既没有找到预想中的黄金珠宝，也没有找到传说中文明富庶的中国、日本、印度，但是哥伦布将发现的烟草种子带回欧洲种植，使吸烟成为欧洲贵族的新潮流。

这就是人类最早发现的植物黄金——烟草。

在发现新大陆500多年后的2018年4月的一天，在广西乐业县新化镇百坭村村委办公楼的会议室里，大家正在进行一场与烟草有关的讨论。

在讨论刚开始的时候，新到任不久的驻村第一书记黄文秀从包里掏出3包香烟，村干部们一下子纳闷了，新来的驻村第一书记，这位女娃也会抽烟了？

在这个会议室里就座的人员中，任何一个参会者的年龄都比文秀大，文秀常常亲切地称呼他们为“大哥”“大姐”。今天由她这个不会抽烟的姑娘来主持这个和“烟”有关的会议，她自己也觉得挺有趣的。

文秀笑眯眯地看着大家说：“我和周支书商量了，今天我们只讨论一个议题，那就是‘烟’。昨天我特意去买了这3包烟，我是不抽烟的，我自掏腰包请大家抽烟，是因为今天我们要讨论和‘烟’有关的议题，大家别见怪。但开会的时候我们在会议室是禁止抽烟的，现在暂时不能抽烟，会后离开这个会议室，大家可以到操场上或者空旷的地方抽烟，请大家理解。”

大伙觉得新来的这位书记妹子请大家抽烟，倒是挺新鲜的，齐声回答说：“好啊！好啊！”

文秀说：“谢谢大家配合！下面会议直接切入正题，请村主任班智华同志就我们村产业发展谈谈种烟思路。”

班智华说："好的！上周文秀书记给我出了这样一个发言主题，我们百坭村靠什么产业来脱贫？这也是制约我们村发展的瓶颈问题。文秀书记到我们村之后马上深入调研，认真思考和规划我们村的脱贫攻坚新思路。就这个产业问题，我就直说了，百坭村目前要抓的产业就2个——砂糖橘和烟叶种植，就是我们经常说的一果一烟。"

作为村里的烟叶种植大户，班智华继续说道："村里种得比较多的是砂糖橘和烟叶。烟叶种植属于'短平快'产业，有烟草公司收购做保障，技术、物资、销路不用愁，旱涝保收，赚得的钱还可以发展其他产业。每季烤烟卖完后，正好给孩子交学费。"

周昌战支书说："上个月我们讨论了砂糖橘种植，明确了砂糖橘产业的升级发展思路，也确定了致富带头人，种果的农民现在的积极性非常高。今天讨论第二个村级产业——烟叶种植，这是个'短平快'的脱贫项目，我赞成村主任的意见，认为一定要坚决抓好，尽快甩掉压在我们百坭村头上这顶'深度贫困村'的帽子！"

文秀带着赞许的目光看着周支书，边听边点头，然后对坐在周支书旁边的村委副书记说："度哥，你的意见呢？"

被文秀称作"度哥"的村委副书记，名叫黄态度，大家都亲切地叫他"度哥"，他是一位态度温和的中年男子。他家紧挨着村委办公楼，平时大家加班的时候经常到他家蹭饭，他也很大方，他在村干部里是一个很能团结大伙的人物。

黄态度说："对于种植烟叶问题，我黄态度的态度就是一句话——种烟，我们必须要搞!”度哥的发言引来了大家的一阵笑声。

文秀问妇女主任韦玉行:“韦大姐觉得呢?”

韦玉行说:“我家本来就是种烟的，我不仅支持种烟，还要发动更多人来种，主动帮助他们种好烟叶。”

村委干部们逐一发言，会议在热烈地讨论着烟叶种植的问题……

经过一段时间的讨论后，文秀环顾会议室四周，继续说:“我国是世界烟草大国，国家对种植烟叶是有扶持政策的，尤其是对贫困地区。我们百坭村一直都有种植烟叶的传统，这是一项脱贫致富见效快的好项目。刚才大家的发言很好，我同意大家的意见，同意把烟叶种植列入百坭村农业产业发展规划中，谢谢大家！散会!”

说到这里，文秀看到大家起身后还盯着她桌子前面的3包烟，就笑起来:“哈哈哈！现在我说到做到，开会前我同意把这3包烟分给大家抽的，现在请各位大哥拿去抽吧!”

度哥是个老烟棍，他笑着接过文秀买的香烟，有点爱不释手地说:“这么好的烟我舍不得抽哦!”他的话又引来大家的一阵欢笑……

会后，文秀说对于砂糖橘，她已经有所了解，但烟叶以前没怎么接触，于是她对周昌战支书和班智华主任说:“现在，辛苦两位老哥带我去看看烟叶种植情况。”

文秀开着自己贷款买来的白色汽车，带上他俩直奔烟叶种植的田垄。他们下车走了一段山路来到田间，当看到一片片绿油油的田野时，文秀疑惑地问:“这黄黄的烟叶，原来也长得这么绿油油的呀？不注意看，还以为是青菜呢!”

班智华回答道:“是的，这一片都是烟田，今年的烟叶长势良好。”

文秀问:“我们村有多少户种了?”

班智华回答道:“今年我们村有22户烟农，有13户就是靠种植烟叶脱贫了。其中就包括我家。”

文秀惊喜地说："哦！那太好了！"

班智华接着说出了不容乐观的现状："但是，百坭村种烟户不多，今年的种植户数在减少，种植亩数缩减将近一半啊！"

文秀追问："啊？这是为什么呢？"

班智华指指自己的脑袋，调皮地说："是这里！思想问题！"

文秀说："哦！最近我也在思考这个问题，请周支书和班主任就产业形成规模给我出出主意啊！"

常言道，靠山吃山，靠海吃海。百坭村傍山而居，开门见山，因山而困。大山里居住的农民多是散落杂居，每家守着几亩山地，靠种些玉米、水稻等传统农作物来维持生活，基本上还是自给自足的模式。常常是一家人忙活了大半年，只够填饱肚子，收入微薄，根本谈不上有什么经济效益。

一味地"靠山吃山"不是办法，只有找到出路，靠山致富才是硬道理。可在这山高坡陡之地，如何选择一两项合适的产业作为发展的"硬货"，或者叫作能打出去的"拳头"产品呢？这正是文秀一直苦苦寻找的致富方向。在摸索砂糖橘的升级发展中，文秀和她的伙伴们看到了百坭村发展的新路子、新生机。有产业，才能让贫困群众稳定脱贫，过上稳稳的幸福生活。

文秀意识到，产业不成规模就没有效益。所以，必须再来一场农业的转型升级，但文秀心里也明白，这无疑是一场革命。百坭村的田地里，能不能长出"黄金"呢？

当天下午，文秀马上到村部，上网查询和种烟有关的资料。烟叶种植，对这个本来闻到烟味就反感的姑娘来说是完全陌生的领域，而为了村里产业的发展，善于学习的她也开始留意起烟叶种植的相关知识。这段时间以来，只要经过烟田，她都要和烟农、烟草技术员聊聊，了解烟叶生产的政策和动态，学习基本的生产技术。

种植烟叶，根据气候条件不同，一般分春烟、夏烟，春烟在 2 到 3 月份种植，夏烟在 5 月份左右种植，每季烟叶是一年采收一次。乐业县是一个靠近云南、贵州的地方，自然条件与之相似，应该可以扩大种植。但是问题来了，谁能给出比较科学的方案呢？到底要找谁咨询？为了稳妥，文秀决定去拜访相关部门和有关人员。村主任班智华看出了她的心思，就告诉她镇里有个烟站，烟站里有一个“老烟鬼”，他最了解情况，也最有办法了。

文秀心里嘀咕：“我又不抽烟，要我去找一个‘老烟鬼’？”

带着疑惑，文秀很快就与当地烟草公司人员取得了联系，这天她跑到镇里，在新化镇烟站，她跟值班的工作人员说要找一个“老烟鬼”，烟站站长龙俊哈哈大笑道：“我就是‘老烟鬼’哦！”

文秀上下打量这位个子不高，看起来斯斯文文、白白净净的人，她能感觉得出这是一个做事认真细致的小伙子。见到是年龄相仿的年轻人，文秀也开起玩笑来，说：“哈哈哈！你哪是什么‘老烟鬼’呀，是‘小鲜肉’吧！”

龙站长说：“久仰了，文秀书记！早就想去拜访你了，今天镇里的书记和镇长跟我说了，说百坭村的驻村第一书记来找我，我已恭候多时，没想到是一位这么年轻的姑娘。你今日登门，我有失远迎啊！失敬，失敬！”

文秀说：“我是无事不登三宝殿啊！我来请教‘老烟鬼’关于种烟的事。”

这位龙站长是一个80后的乐业小伙子，比文秀大三四岁，曾就读于广西百色农业学校，2007年毕业后到广西壮族自治区烟草公司百色市公司乐业营销部工作，在新化镇烟叶站担任技术员，前后干了11年，所以被同事笑称“老烟鬼”。他工作干劲大、经验丰富，是烟农的贴心人。

龙站长热情地向文秀介绍说：“乐业县位于广西西北部，全县总面积2600多平方公里，适宜烟叶种植的土地面积达10万亩，占全县耕地面积的53.13%。乐业县气候温和，降雨充沛，光照充足，土质优良，具有得天独厚的自然气候优势，是优质烟叶的种植区。乐业县2001年开始在全县范围发展烟叶种植，这项产业在新化镇发展迅速。2003年新化镇成立烟站，直至2009年种植面积达5000亩以上，收购量达到最高峰，那一年新化镇收购干烟13838担，烟农售烟收入893万元，上缴烟叶税197万元。现在农民们尝到了甜头，同时这也促进了地方区域经济的可持续发展，可以说是利国利民的大好事。”

文秀说：“那么，你掌握的百坭村烤烟产业基本情况如何？”

龙站长打开手机给文秀看百坭村近两年的烟叶种植和收购情况，文秀仔细地盯着手机看：

> 2017年，百坭村种植烟叶共有4个屯53户烟农，签订烟叶种植面积406亩，烟叶收购量619担，烟叶收购金额99.59万元，亩产值2453元。2018年，百坭村烟农种植烟叶共有2个屯22户，签订烟叶种植面积203亩。

龙站长突然问文秀：“你知道一担烟叶有多重吗？”

文秀说：“我知道，一担烟叶重100斤。烟草行业一般以‘担’作为烟叶的计量单位，在烟叶计划下达、收购、销售中通用。为保证烟叶质量，每亩烟田对应的烟叶收购计划一般为2.5担，即250斤。没错吧？”文秀一口气作答，这是她查询了资料，做了功课积累出来的。这就是文秀的习惯，她做什

黄文秀入户核实贫困户的生产生活情况（百色市委宣传部供图）

么都用功用心来钻研。

“好懂行呀！”龙站长不由得对这位年轻的第一书记肃然起敬。

文秀说：“对比 2018 年的数据，2019 年百坭村的烟叶种植户和面积预计会减少一半。说明烟农积极性减少了，这是为什么呢？”

龙站长解释道：“烟叶刚种上，收入要等到烟叶收购后才有统计，但是总产量和总收入预计可能会比 2018 年减少一半，这其中有很多原因……”

文秀的心情由刚才的惊喜变得沉重起来。她知道，最短的距离是从嘴到手，最远的距离是从说到做。文秀是从大山里走出来的孩子，她心里清楚，要让农民看到实际好的效果，他们才会真的去做，农民们很怕冒风险，也经不起风险。当然，从种地到“种出产业”，这对于农民来说是一个艰难的质的飞跃。

所以，文秀知道，还有很多思想工作要去做，农民固有的思想藩篱不破除，就无法迈出第一步，更不要说飞跃了。

紧接着，文秀抓住时机，向龙站长提交了一份建议书，建议镇烟站给予百坭村贫困烟农一些奖励政策：

第一，推行奖励烟农政策。烟农销售干烟每担给予相应的补助作为流转土地租金费用，在本乡镇种植烟叶每担补助 40 元，跨乡镇种植每担补助 50 元。

第二，推行奖励贫困户政策。对贫困户自行发展和种植烤烟 5 亩以上的，按贫困户当年销售所得烟叶税的 30% 返还贫困户。

第三，实行奖励村集体经济政策。村“两委”干部参与种植烟叶或宣传发动落实完成 100 亩以上的行政村，按照行政村所销售干烟给予每担 20 元的奖励，作为壮大发展村集体经济的经费。

龙站长答应文秀立即向县烟草局申请，尽快解决落实这件事。之后，文秀从龙站长那里借来关于烟叶种植的书籍，就回到村里了。

夜晚，文秀看完烟叶种植的书籍，眼睛有点疲惫，她走出自己的小房间，来到操场上。入夜的百坭村，夜风送来田野的清香，她抬头看到夜空繁星点点，耳边飘来歌声，仔细一听，正好是那首自己喜欢的歌曲——《夜空中最亮的星》。这歌声带给她心灵的共鸣，她转身回房间取出那把吉他，跟着轻轻弹唱起来：

我祈祷拥有一颗透明的心灵，
和会流泪的眼睛。
给我再去相信的勇气，
哦～越过谎言去拥抱你。
每当我找不到存在的意义，
每当我迷失在黑夜里。
哦～夜空中最亮的星，
请指引我靠近你……

唱着歌的时候，文秀联想到百坭村的产业升级还面临着诸多问题，是迷失在黑夜里彷徨失措止步不前，还是主动迎接明天的太阳并勇敢地面对前进道路上遇到的困难？这，对于百坭村的村干部，对于百坭村的老百姓，尤其对于文秀这个驻村第一书记来说，确实是一场全新的挑战，但是他们也坚定了勇敢走下去的决心和信心。

2

文秀和村里的烟农

说干就干，这就是文秀的风格。脱贫攻坚，产业是贫困群众稳定脱贫不返贫的重要支撑，选准选好一个产业，对于贫困村来说至关重要。所以，文秀铁定了心，要认真地去放手一搏。

在拜访新化镇烟站站长龙俊之后，文秀对烟叶种植更有底气了。她回来和周昌战支书、班智华主任合计后，立即召集村干部、屯干部和烟农一起交流种植烟叶的心得，商讨如何提高烟叶亩产量和烟叶品质等问题。

她组织有经验的烟农为经验不足的烟农传经送宝；碰到烟草公司搞技术培训，她总是驻足倾听；得知有的烟农因为种植技术不到位而影响烟叶质量时，她苦口婆心地叮嘱烟农要抓好每个技术环节，不松懈才能多收入。

从此，她对村里的烟叶种植更加上心，每次走访贫困烟农都鼓励他们用心种植，不仅要脱贫，还要奔小康。“许多病菌是人带入烟田的，那就做个警示牌竖在地头。”进入 2019 年烟叶管理期，文秀和新化镇烟站工作人员商量如何减少烟叶的病虫害。

没多久，“进入烟区，严禁吸烟，严禁触摸烟叶”的警示牌就出现在百坭村的烟田里。

烟农韦灵峰好奇地问：“文秀书记，你是学种烟专业的吧，不然你怎么这么懂行呀?”

文秀被夸得一脸通红，她谦虚地说：“种烟专业？没有没有，我是现学的，还要你这位老烟农多教教我啊!”

烟农的思路开阔了，有信心了！一年一度的烟叶收购结束，文秀看到班智华主任统计出来的烟农收入情况：2018 年 9 户贫困烟农中有 8 户脱贫，全村的贫困率也由 22.88% 下降到了 2.71%。

“烟叶种植的收入真不错，我们得搞好。”文秀看完统计表后说道。同时，她细心地发现，贫困烟农班龙排的收入没有达标，还在未脱贫户行列。当天，文秀在驻村日记上这样写着：“今年，只剩最后一户贫困烟农班龙排还没有脱贫，一定要全力帮他渡过难关!”

班龙排是残疾人，他有 2 个孩子，1 个读高中，1 个读初中，家中还有 1 个老人，家里极为贫困，属于典型的因学致贫和因残致贫的双重贫困户。第二天，文秀在城里自掏腰包给孩子买来书包、笔盒、课外读物后，立即奔赴班龙排家进行家访。

文秀和班龙排已经熟悉了，见到她来，班龙排不好意思地说："哎呀！家里这么脏、这么乱，都没得收拾，对不起哦!"

文秀看到班龙排腿脚不灵活，就主动去拿扫把帮他打扫房间，然后又帮他收拾家里的桌椅板凳，屋里一下子就干净整洁了许多。

班龙排觉得这个"学生妹"书记一点架子也没有，像邻居家的妹妹一样可爱，于是他的拘束感也就没有了。这回他主动和文秀攀谈起来，说了自己种烟的难处。

他叹气道："我不敢多种啊！本来家里的劳动力就只有我这个残疾人，种烟是要干很多体力活的，我这腿脚不灵便，种多了照顾不过来啊!"

文秀说："你家的情况我已经了解了，你缺劳动力，我们村委会组织人力来帮你，也算我一个；缺技术，我们请烟站派技术员来指导，让你提高产量，确保烟叶的质量，这样才有好收成。你说好不好?"

班龙排感激地说："这些困难你都帮我想到解决的办法了，那我就有信心多种几亩啦!"

文秀问："那打算种多少亩?"

班龙排犹豫了一下，说："我的目标是种 10 亩。"

文秀高兴地说："好啊！我给你算一笔数，按烟田亩产 3000 元来算，10 亩烟田的总收入可达到 3 万元，这样就可以脱贫了！关键是你要有信心啊，我们支持你!"

文秀说到做到。她对班龙排的帮扶格外用心，隔三差五就到他的烟田看看，到他家里和他拉家常，增强他种烟脱贫的信心。同时，文秀也鼓励班龙排的孩子好好读书，长大了报效祖国。每次见到文秀，都是孩子们最开心的时刻。当班龙排去烟田忙碌时，文秀就带上慰问品，帮他照顾老人家。

由于班龙排文化水平较低，文秀还主动当起了他的“烟草技术员”。她找来与烟叶生产相关的书籍进行钻研，向烟站工作人员、烟农询问种烟技术问题，烟草花叶病、黑胫病、青枯病，她都能分辨得出，防治药剂等她也都能说出用法。

2019 年，班龙排在文秀的鼓励下，种了 10 亩烟叶，烟叶长势不错，当年马上顺利脱贫。班龙排含着眼泪说：“文秀书记待我们像家人一样，她心地善良、做事周全，是个好人，是负责任的好书记，她就是我的亲人！”

转眼进入烘烤季，班智华开始忙着采摘烟叶，装炉烘烤。这天上午，第一炉烟叶烘烤结束，他正准备装第二炉，突然接到文秀的电话，让他去村委会填个表。听说他正忙着烤烟叶，文秀挂了电话主动赶到烟田。

烤烟房就建在烟田边上，文秀走进热烘烘的烤房，望着刚刚打开炉门的炉子里挂满金灿灿的烟叶，她啧啧称赞。了解到这一炉烟叶可以卖一两万元时，她掐着手指头盘算着：要是一户贫困烟农能种这么一两炉烟叶，脱贫就有希望了。

烘烤是烟叶生产的关键环节之一。为了更好地了解贫困烟农的生产状况，文秀自费买来些零食，来到烤烟房，和贫困烟农边吃零食边讨论降本增效的办法，探讨烤烟房温度和湿度变化的控制，畅谈脱贫计划和烟叶收入。“这夹烟叶 5.69 斤呢，这炉烟叶不错哦!”文秀边给一夹烟叶称重边高兴地说。

烘烤烟叶，是要连续熬夜的。这晚，文秀又带着鸡翅膀、鸭腿等来到烤烟房看望班龙排等农户。文秀把自己的工作与生活融入农户中，百坭村的群众也越来越喜欢这个热情、能干的“学生妹”书记。

贫困烟农韦峰灵，家里有 3 个孩子，其中 2 个在念大学，1 个在念高中，他家的经济负担在农村里算是非常重的，他家刚脱贫又进入了返贫行列。文秀在入户调查时，了解到了韦峰灵一户的具体情况后，就下定决心对其开展帮扶，于是她和村“两委”研究决定，把韦峰灵户及与韦峰灵户情况类似的黄瑞章、韦灵德 3 户家庭同时列入贫困户。如今这 3 户人家共培养出 4 名大学生，还有 1 名高中生、1 名中专生，都是成绩优秀的好学生。韦峰灵很争气，2018 年种植烟叶 12 亩，当年就实现了脱贫。2019 年，在文秀的鼓励下，他将种植规模扩大到 20 亩，年种烟收入也从 3 万多元增加到 6 万多元，这大大缓解了他家的生活压力，也更加坚定他种植烟叶实现脱贫的决心。

在百坭村 1 年多的时间里，文秀特别关注贫困农户的各项烟叶生产工作，经常到田间地头了解烟叶长势。“今年前一段时间，由于暴雨造成山体滑坡，烟田水利不通，文秀书记顶着大太阳带着我们去维修设施，让烟田灌溉得到保障。文秀书记还计划今年年底要彻底维修好全部水利设施，谁能想到她就这么突然地走了……”韦峰灵边说边哽咽。

贫困烟农班华纯，家里有 3 个读小学的孩子和 1 个老人。了解到他家的情况后，文秀说：“以后小孩上学需要用钱的地方很多，不多攒点钱，就算现在暂时脱贫，以后你还是会返贫的。种烟是一个不错的选择，你就租点地种点烟吧。”

班华纯听从了文秀的建议，种了 8 亩烟叶，按照烟草技术人员的指导进行种植，提高了产量，2018 年实现脱贫。在文秀的启发下，他还利用自己搞建筑的手艺，在空闲时间打零工，帮助老乡建房子、铺地板，如今他们家已经达到了“两不愁三保障”的标准，日子过得越来越红火了。

百垠村妇女主任韦玉行是已经脱贫的烟农，她经常和文秀一起走村串户。她们经常到烟田中参与烟叶大田管理，到烤烟房旁指导烟叶烘烤，到烟农家中帮助烟农分级、保管烟草。

韦玉行回忆说，她们有时下午四五点走访群众，晚上 9 点左右才能返回村部。当晚文秀还要写总结，很晚才能休息，有时候晚上 10 点多了还跑到烤烟房中和烟农交流。即便生病了，文秀也从未落下过工作。“我总劝她多休息一会儿，她却说：‘我接受了党的任务，就要和时间赛跑，群众脱贫了我再好好休息，这样心里才安稳踏实’……”

烟田需要灌溉，用传统的肩挑手提来淋烟田，不仅非常费力，而且效率低下，会耽误宝贵的农时，延误烟叶的生长。所以文秀也把烟田用水灌溉列入了急办的事项，同时争取到了县里相关部门和镇烟站龙站长的支持。

她和村“两委”制定了 5 项水利工程建设规划，涉及烟叶生产基础设施的有 3 项。她在笔记本上详细记录着工作计划：百果屯和百爱屯“那红”水利工程全长 600 米，费用 9 万元；百布屯水利维修 20 米，费用 1 万元；百果屯、百垠屯水利维修 20 米，费用 1.14 万元……“屯里的路通到二级路，石头堆成的坝体修成固定坝，为了尽快推进项目，她找我商量了好几次。”百垠屯烟农班华纯说。

文秀和村干部们带领烟农努力打造百垠烟叶“小而亮”的发展优势，通过以党建为引领，合作社为平台，建设“烟叶教学实践基地”“优质烟叶基地”，推动烟叶生产高质量发展，开发“烟叶＋非烟”的种植模式，创建“特色优质水稻”“食用菌”等农业品牌，推动乡村振兴、脱贫攻坚。

文秀感觉到，当初将烟叶种植作为烟农增收、脱贫攻坚的一项重要产业来抓，把发展烤烟产业与精准扶贫工作有机结合起来，让贫困群众尽快脱贫致富，这个决定真的对了。

在上级部门的重视和各方的支持下，文秀和村干部们酝酿了一个新规划。一是在百垠村 4 个屯连片种植烤烟，种植面积 220 亩，户均种植面积 15 亩以上，收购上等烟比例达63%以上，亩产值3500元以上，户均收入5.5万元以上，努力打造新化镇百坭村“小而亮”的发展名片。二是在百坭屯搭建15个育苗中棚育烟苗，育苗结束后，中棚有9个月闲置期，由合作社充分对15个闲置育苗中棚开展综合利用，利用5个闲置中棚种植蔬菜，每个棚创产值4000元；种植火参果5个棚，每个棚创产值4000元；种植哈密瓜5个棚，每个棚创产值2000元。

看到百坭村的脱贫工作迈上了一个新台阶，文秀和村民们一样，心里甜滋滋的。她坚信，通过大家的一起努力，不忘初心、牢记使命，大力助推脱贫攻坚，推动乡村振兴，一定能让百坭村的老百姓过上幸福的生活！

至今，在百坭村那些脱贫的烟农家里，他们还把文秀的工作照挂在墙上。她温暖的笑容，连同她在脱贫攻坚第一线奋勇担当、奉献自我的精神，深深地嵌在百坭村老百姓的心里。

3 一封写给文秀的信

乐业县地处广西西北部，是百色市海拔最高的县份，有“小东北”之称，冬天来得早，每年秋风过后，就有冬天的寒意了。

一个深秋的黄昏，我专程来到百坭村那用屯，来到文秀帮扶的一个贫困户——班统茂家里。

刚和妻子从果园回到家的班统茂有点疲惫，可说起文秀书记，他立即来了精神，尽管很多记者都来采访过他，但他还是很耐心地进行讲述，他回忆说："如果不是文秀书记来了，种了这么多年果树的我都想放弃了。她帮了我们很多，引荐大老板，解决了果子销售的问题；引进技术指导，教我们管护，给我们带来可观的收入。我家住了13年的房子也有钱装修得漂漂亮亮的了！"

文秀来驻村的时候，班统茂才刚刚脱贫，如今他已经是远近闻名的致富带头人了。现在产业园已经搞出来了，群众还没来得及说声谢谢，文秀就已经离开了。每当提及"文秀"这个名字，大家都充满了思念。

班统茂环视了一下四周，喃喃自语："她本可以……"心痛、惋惜、遗憾以及所有的不舍，在他迅速拭去泪水的动作里展露无遗。

班统谋和班统茂是兄弟，而班统谋一家并不是贫困户，但一提起文秀书记，他就感到非常痛心："她性格很好，屯里每家她都来过，鼓励我们种砂糖橘和八角，去年我家收入1万多元呢！"

班统茂继续说道："文秀书记到我们屯入户调查后，她最担心的就是我们果农的运输问题，因为这里都是山地，地势偏高，到处都是砂石路，一下大雨路面就被冲垮。后来她帮助我们屯申请了1.8公里的通屯硬化项目，新建了 4 个蓄水池，组织力量统一管护，不到 1 年时间就解决了从产到销的各种问题。2017 年我家 40 亩果园收了 6000 斤左右的果子，通过科学管理，2018 年产量翻了两三倍。在全村销售旺季时，文秀书记带着几个客商住在几户果农家里，解决了百坭村果子的销售难题。她说到做到，我很佩服她!”

在百坭村推选 5 个致富带头人，带领村民共同脱贫致富，这是文秀想出来的一个办法。她提议班统茂作为村里的致富带头人之一，可是对于这个提议，班统茂起初是比较抵触的。

“为什么当初会拒绝呢?”我问道。班统茂说：“我一开始有点不相信文秀书记这个小姑娘，因为她太年轻，像个学生娃，她的岁数和我女儿差不多，虽然她是从北京毕业的研究生，但能有办法帮我们脱贫致富吗?”

班统茂还有另外的担心：“我不愿意当致富带头人，是因为我没有什么技术，怕带不好大家，还担心我们的果子成熟以后不好卖，村民就会骂我。”

不管班统茂如何推辞，文秀还是不放弃，她三番五次到班统茂家鼓励他。班统茂清楚地记得文秀的话语：“班大哥，你只要认真带领大家把这个果管好，你所担心的问题由我来解决!”

后来，文秀把农业技术员带到了百坭村的果园里，手把手地教会了班统茂和其他村民们如何把果子种好管好。待到果子成熟后，文秀又积极联系销路，帮大伙找外地销售商。

2017 年百坭村全村果园的产量只有 6 万多斤，2018 年产量增加到 50 多万斤，比 2017 年翻了好多倍。靠着这一片果园，班统茂盖起了楼房，摘了“贫困帽”，同时还带动了屯里其他农户种植砂糖橘，走上了共同致富之路，他起到了致富带头人的带头作用。村里群众这回更佩服文秀了，纷纷说文秀会看人，文秀用对了人。

文秀不幸遇难后，班统茂一家非常怀念她：“今年果子刚开始采摘，已经预定出去 10 万斤了。”班统茂感慨道：“如今文秀书记不在了，多想让她尝尝我家种的砂糖橘。”

2019年国庆前夕，班统茂受邀到北京参加电视访谈节目，讲到文秀时他很激动，他一激动，本来普通话就很不标准的他，对着摄像机就讲得更不清楚了，一遍遍的也没录好。到了夜里，他彻夜难眠，提起笔来写了一封信给文秀，表达自己的缅怀和感激之情，后来在录制节目时他就读了这封信。说到这里，他从卧室拿出了这封亲笔写给文秀的信，他用哽咽的声音慢慢地读给我们听，直至泣不成声……信是这样写的：

写给文秀书记的一封信

文秀书记：

距离你离开我们已经有131天了。最开始听到你遇难的消息，我们都不太敢相信，明明前几天还见面的人怎么说没就没了呢？自从你离开了我们，我们每天都在悲伤中度过。

曾经，你是我们脱贫致富的引路人，更是我们走向幸福生活的精神支柱。然而，正当花开结果之际，你却无声无息地走了，留给我们的只有无穷无尽的思念。

我们知道你有太多太多的不舍和牵挂。今天我借此机会告诉在另一个世界的你：文秀书记，请你放心，你未走完的长征路有人为你接过接力棒，你所许下的诺言，如今有更多的人来帮你实现和完成。

在你的鼓励和帮助下，今年我们村的砂糖橘又有了很好的收成，再过两个月就可以采收了，但是此时此刻，我们说什么也高兴不起来。

因为我们失去了你，再也盼不到你像去年那样来帮我们摘果、背果、收果、卖果了……

文秀书记，我们不能没有你，我们在等着你！我们在呼唤你！你听到了吗？

在今后的日子里，我们会化悲痛为力量，加倍努力，绝不辜负你对我们的期望，早日走出贫困，奔向小康！

文秀书记，百坭村的父老乡亲永远怀念你！

班统茂

2019 年 10 月写于北京

这就是一个曾经的贫困户，一个朴实的农民，用他的真情实感，用他的肺腑之言，诉说着他对文秀的感激和缅怀之情。

2020 年元旦前夕，我又来到百坭村新修通的通屯路旁，这里果林遍山，金黄的砂糖橘挂满了枝头，呈现一派丰收喜人的景象。和班统茂一样，脱贫户韦胜峰一早便开始在自家砂糖橘林里忙碌，收购橘子的车停在路边等候。韦胜峰说："路好了，农产品更加好卖，价格也高了。"新近销售的砂糖橘、蔬菜已经给韦胜峰家带来六七万元的收入。

水果收购商刘美宽开着大货车从贵州赶来，每天在百坭村收购 2 万多斤砂糖橘。"这里空气好，土质好，果子甜，我们愿意来这里收购。现在路通了，也比原来省了不少时间，更方便了！"

2020 年春节前，我用电话连线了百坭村村支书周昌战，这个与文秀并肩作战的战友跟我说，2019 年村里油茶种植面积和产量都增加了。全村约有 5000 亩油茶，投产面积已达 2000 多亩，还成立了油茶专业合作社，户均增收 1 万多元。

产业上了规模，村民不用担心加工和销路。在由文秀帮扶建起的榨油坊里，村民可免费榨油。榨油坊负责人罗向诚参与收购油茶加工后剩下的茶麸，并负责拓宽村里茶籽、茶油销路。从贫困户到产业致富带头人，罗向诚对文秀充满感激。

"她对我比我的女儿对我还好！"韦乃情逢人便夸文秀。文秀多次来他家，一来就是帮忙扫地、干活。韦乃情不识字，他的孙子要上户口，以及他要报销到市里看病的费用，都是文秀跑前跑后帮忙弄的。更为难得的是，他家后山的果林结出的枇杷果，以前都是烂在地里，2019 年文秀帮忙找到销路，他家的枇杷卖了 2000 多元。

种植户老梁今年 68 岁了，他家中的油茶种植就是文秀帮助规划的。2019 年老梁卖了几批茶籽，光这一项收入就进账 2 万多元。我见到他的时候，他正在村里榨油坊排队榨油，这些食用油他打算留着过年时自家食用。闻着榨油机里飘出的山茶油香，他说着说着，就想起了文秀书记："我们家这一年获得的好收成，是离不开文秀书记的！之前，家里穷，不好意思请文秀书记吃饭，现在我们家脱贫了，想请她来吃饭，她却不在了……"

"去家里坐坐吧！"56 岁的村民黄秋红得知我们为文秀书记而来，发出邀请，"她走了以后，我们天天想她。"我们在随黄秋红去往她家的路上，她一路盯着脚下，不肯抬头。她的眼睛长了瘤子，不久前去做了手术，花了 2 万多元。"文秀书记多次动员我和老伴儿办理医疗保险。这次手术花的钱，大部分都能报销。她指导大伙儿种植砂糖橘，现在只要家里有地的都种上了，我家种了 10 多亩。茶叶也种了 10 多亩，光这个我家一年能收入四五万元呢！"说话间，黄秋红下意识地瞅了瞅窗外，"她给我们屯修了路灯。灯亮的时候，我就会想起她。"

再过几天，就要过年了。看到百坭村向好的发展势头，以及村里日新月异的变化，许多村民有了新打算。"今年我计划再扩种些砂糖橘，争取早点搬进新家。"在离村部 10 公里左右的那洋屯，脱贫户班龙春站在尚未完工的 2 层楼房门前谋划道。如今，新路直通屯口，屯里有近 20 户人家购置了小汽车。

2020 年春节，在辞旧迎新之际，村民们买来灯笼装饰村里的文化广场，好好庆贺脱贫致富的好生活。宽敞的路、明亮的灯、漂亮的房子、红火的产业……它们无言，它们有情，它们见证着文秀在百坭村艰苦奋斗的足迹。在村民们的心里，文秀从未离开。

文秀书记，你日日夜夜牵挂的百坭村的老百姓，他们在你的心上，你在他们的心里，永远，永远！正如班统茂写给文秀那封信中所说的：“在今后的日子里，我们会化悲痛为力量，加倍努力，绝不辜负你对我们的期望，早日走出贫困，奔向小康！”

4

脱贫庆功酒

百坭村的变化，处处凝结着文秀的付出与努力。

百坭村村支书周昌战清晰地记得，在文秀遇难的前 3 天，在进村入户的路上，文秀还跟他认真地说：“再加把劲，我们全村今年底就脱贫了！”

她悄悄地自己掏钱跟酿酒的村民定购了两坛农家自酿酒，打算到时候拿来当庆功酒。如今这两坛酒还用布包好，静静地安放在村部的一个角落里，仿佛在等待它们的主人来打开……

“可是现在，好酒好菜已备齐了，我们的文秀书记却不在了……”说到这里，周昌战这位当过兵的壮汉子，眼睛湿润，声音哽咽……

百坭村的村民们一直有这个心愿，他们表示：“等我们村都脱贫了，我们就用这两坛酒来庆功，以告慰文秀书记一直以来对我们的帮助与扶持，告慰她无怨无悔的默默付出，告慰她为百坭村所奉献的青春岁月。”

对于热爱这片土地的文秀来说，最好的告慰是什么？

那就是——继承时代楷模的遗志，继续前行！

周昌战说：“如今百坭村发展得越来越好，我们争取获得更大的丰收！”

接任百坭村第一书记的杨杰兴说：“我们会沿着文秀书记带领的路，埋头苦干，百坭村会和全国一道实现全面脱贫！”

百坭村的村民互相鼓舞打气：“脱贫攻坚，我们一个都不能少！”

2020年还要加油干，努力不掉队，不拖后腿。

百坭村，这个幽静的小村，不论时光如何流逝，村民们会永远铭记这个“百坭村的女儿”——黄文秀。

在百坭村人心中，文秀是一盏明灯，照亮全村人的脱贫攻坚之路。“文秀精神”如同明亮的灯光，照耀着奔赴在脱贫攻坚战线上的人们，砥砺着人们继续奋力前行。

存放在百坭村的脱贫庆功酒（广西乐业县百坭村供图）

第九章

文秀和她的「超强战队」

文秀经常说：“每天都很辛苦，但心里很快乐！”

2019年8月18日，这是一个星期日的下午，南宁闷热的夏天在一场阵雨之后，有了一些凉爽。

当偶然得知百坭村党支部书记周昌战应邀来到南宁做宣讲时，我和他约定抽空对他进行采访。我来到周支书入住的酒店跟他见面，他和我详细地谈起了文秀。

这次是我对周支书进行的第3次采访，前2次是在乐业县百坭村，当时我们因为沉浸在对文秀的悲痛缅怀之中，我没有和他深入交谈，这次才得以抓住机会听他较完整地回忆起和文秀共事的点点滴滴。

周支书说，文秀生前是他的好搭档，从去镇里接文秀来到百坭村第一天起，一直到文秀遇难，前后1年零3个月，他和文秀都是并肩战斗，他也见证了文秀工作的真实状态，了解了文秀是如何当好第一书记的。他和她在一起共事的400多天，现在想起来，依然历历在目……

1

并肩战斗的战友

如果不是因为文秀的到来，外面的人也许不会知道，在革命老区百色的大山深处，还有一个叫“百坭村”的地方。2018年3月底，文秀驻村开展工作之后，就和村“两委”6个人即支书、副支书、主任、副主任、治安专干、妇女主任并肩战斗，另外还与团委书记和计生专干（副支书兼任）一起配合工作。

起初，大家也不是很了解驻村第一书记是干什么的，后来慢慢了解到驻村第一书记的扶贫工作任务很重，很辛苦。按照自治区要求，驻村第一书记每月驻村不低于 20 天，且统一穿工作服，工作服背后印上名字，同时向群众公开电话、相片、承诺书。组织上很关心第一书记的身体，每年为他们安排体检，购买保险，按规定发放交通和生活补助，每个月报销一次来回路费。

刚开始，文秀给人的印象就像她的名字一样，文文弱弱，十分秀气。大家心想，她手不能提、肩不能扛，能干得好第一书记的工作吗？周支书跟她说："驻村很艰苦，你能坚持吗？"文秀只是用一个微笑回答了他。

精准扶贫的第一个难关——"入户难"，有些贫困户常常给文秀吃闭门羹或者刁难她，态度不是很友好。文秀刚来的时候，是周支书带着她一起走村入户开展工作的，但有的群众对他们不理不睬。记得有位贫困户冲出来直接说："支书，我一定要享受低保！"

周支书解释说："你是贫困户，但没达到纳入低保的条件。"

贫困户说："那我要你的贫困户名号干什么？"说完就把门关起来，不让工作队员进家里。谈不拢，扶贫手册填不了，工作没法开展。这时，文秀笑着说："我来和他谈谈吧！"

可是这位贫困户连门都不开，文秀吃了闭门羹。一次不行就两次，两次不行就三次。她终于把这户贫困户的门敲开了，但人家还是黑着脸说："我要享受低保，要小额信贷、产业奖补，你不给我，我就不签字。"

文秀甜甜一笑，说："老哥，我们认个兄妹好吗？你年龄大些，你做哥，我做妹。哥，我知道的，你很勤快，你也很会打算，一定能奔小康的。"

这样一来，这位贫困户脸上的冷霜融化了，露出了笑容。文秀趁热打铁，说："哥，请你相信我，只要是政策有的，你符合的，我一定帮你申请，帮你办理。"

文秀和这位贫困户以兄妹相称，拉近了彼此的距离，从此文秀入户开展工作顺风顺水。后来，这户贫困户光荣脱贫。

就是靠着这股干劲和耐心，文秀把全村在精准识别工作中确立的195户贫困户逐一走遍了，也把所有贫困户的名字和贫困情况记在扶贫工作本子里，记到她心里，同时都标注在她亲手绘制的百坭村“地图”里。看到文秀的这股拼劲和这份认真，村干部们十分佩服。

文秀进村入户，都是开自己的车，这又遇到的另一大难关——行路难！

百坭村各屯很分散，最远的屯离村部有20多公里，交通不便真是难为文秀了。其实文秀刚学会开车，刚拿到驾驶证，车也是刚贷款买的，为了工作她说要自己锻炼一下开车的技能。行驶在百坭村的山路上，文秀起初很慌。有一次周支书看到文秀会车，远远看到对面有一辆车过来，文秀就选比较宽的路段靠边停车，让对面的车先走她才开过去。那个时候周支书才发现她确实没有开过山路，这里的山路又弯又窄，而且又正在修建，路面坑坑洼洼的，在窄的地方转弯、会车，难度大，文秀很怕对面来车。如果碰到泥泞路段，车子也难免深陷其中，车轮空转打滑。但是不到1个月的时间，文秀就克服了困难，她可以在百坭村11个屯之间开着车来回地跑。有需要大家一起进村入户开展工作的时候，她既是第一书记又是司机，她的车底盘也稍微高一点，所以大家基本上都是用她的车。

周支书发现，这位小姑娘的每一天都是这么斗志昂扬，这让他感觉文秀不仅是个大能人，而且更像一个“大男人”。周支书寻思道：“这是不是城里人说的女汉子呢?”

有一次夜访，周支书清楚地记得那是2018年8月23日，文秀和他们到偏远的那坤屯做入户调查。晚上，他们在回来的路上遇到了突发的暴雨，暴雨造成道路塌方，把他们死死地堵在路中间。为了安全，他们决定徒步回村部，文秀和他们一起钻树林、爬泥坡、蹚大水……直到凌晨2点才回到村部。文秀担心他们走路回家太辛苦了，又开着自己的车分别送他们回到家里。

说到驻村期间居住的条件，文秀也经受了一番考验。文秀生前居住的房间，就在村部办公楼第一层的一个小房间里，不到10平方米，狭小、简陋，但很整洁，一桌一椅一床。炎炎夏日，连空调也没有，她就靠一把纸扇散热。房间里摆放的是每天下地戴的草帽、夜巡用的手电筒、防止蚊虫叮咬的花露水，以及应对各种泥泞路况的高、中、低帮雨靴和运动鞋。文秀一个人住在这里，晚上安静得她能听到四周的任何声响。

记得文秀刚来的时候，百坭村发生了一起交通事故，路过的一辆大货车在村口意外碾压了村里70多岁的五保户韦大妈。在交警到来之前，为了防止群众跟肇事司机之间发生集体性的过激行为，文秀和村干部们第一时间赶到现场，维护好秩序，稳住群众的情绪，尤其是受害人家属的情绪。

文秀和村干部们来到现场的时候，由于事故刚刚发生，尸体还没来得及用布盖住，还是血淋淋的场面，周支书就跟文秀说，那种场面她可以不用去看，毕竟她是女孩子。文秀说她不怕，不用大家照顾她。她就跟着村干部们一起冲到最前面，跟聚集来的群众做及时的调解，把群众的情绪稳住了。后来交警跟保险公司的人过来，协调处理好事故之后已经是晚上10点多，周支书就跟文秀书记说："今天你看到了那个场面，晚上你就回镇上找女同伴一起住吧，就不要一个人住了。"文秀说不用，她不怕的，请大家放心，她坚持自己一个人住村里。

第二天早上，周支书来到村部上班的时候，看到文秀连声打哈欠，显得有些疲倦。周支书问她是不是昨天晚上没休息好，文秀这才实话实说，昨天晚上想到那种场面她还是有点后怕，那个被车轮压扁的老人太可怜了。文秀为老人伤心了一夜，到了深夜都没法睡着，一闭上眼睛就是那个血淋淋的事故现场，有任何的风吹草动都心惊胆战，风从窗外吹过来，都感觉像有什么异样的声响，甚至连一只蚂蚁从旁边爬过都能听得出声音！

周支书问文秀为什么不回镇上住，文秀说她一定要向习近平总书记学习，习近平总书记当年到延安梁家河插队时住过窑洞，而且知青生活要过“四关”。

周支书问是哪“四关”，文秀认真地拿起了那本《习近平的七年知青岁月》，说给周支书听：“一是‘跳蚤关’。在城里，习近平总书记年轻时从未

黄文秀在百坭村居住的房间（广西乐业县百坭村供图）

见过跳蚤，而梁家河的夏天，几乎是躺在跳蚤堆里睡觉，一咬一挠，浑身发肿，但他两年后就习惯了，无论跳蚤如何叮咬，他照样睡得香甜。二是‘饮食关’。他之前在城里吃的都是精米细面，插队后来到农村，吃的是粗粝的杂粮，可不久便咽得下、吃得香了，直到今日，习近平总书记对陕北乡村的饭菜还很有感情，就拿酸菜来说，多时不吃还真想它。三是‘劳动关’。刚开始干活时，他一个人挣6个工分，还没有妇女高。两年后，他就拿到壮劳力的10个工分，成了种地的好把式。四是‘思想关’。这是最重要的，习近平总书记学到了农民实事求是、吃苦耐劳的精神。同时，乡亲们也逐渐把他看作他们中的一分子。”

说完之后，文秀说要挑战自己，突破自己，克服困难。还笑着说这里算好了，起码没有跳蚤来叮咬啊！

当时周支书就想，一个姑娘远离家乡来到村里，真的很不容易，但是文秀却能够在百坭村里那么艰苦的环境下，勇敢地挑战自己、战胜自己、战胜困难。

2

“地表超强战队”

为了加强与村民们的沟通，在文秀的引导下，百坭村村“两委”也利用手机等通信手段，通过微信与群众联络起来。文秀把百坭村扶贫工作群取名为“百坭村乡村振兴地表超强战队”，而她本人的微信昵称则是“百坭女子图鉴”。据她说，这个名称来源于之前火爆全网的系列网剧《东京女子图鉴》《北京女子图鉴》《上海女子图鉴》等。剧中女主角们从偏远的地方去到繁华大都市，拼命扎根立足，并为此坚持不懈。但与网剧里的女主角相比，文秀倒像是一个逆行者。

有一天，文秀到村民蒙隆球家走访，就很大方地主动加了这户贫困户的微信，这让蒙隆球很是惊喜。后来蒙隆球经常与文秀通过微信联系，文秀都及时回复，大大提高了工作效率，文秀还为蒙隆球的孩子申请了“雨露计划”的补助。

文秀了解到有些人不愿意承认自己是贫困户，但有些人又争着做贫困户，有些人甚至质问：“我为什么得不到贫困户的名额?”

文秀就跟他们耐心解释，因为贫困户的识别是按照自治区统一的标准评定的，很规范、很全面，都是由县一级和镇一级的干部入户，根据户主实际申报情况或者入户精准识别的情况评定，而且精准识别首先由村民小组评议，再经过村委会评议，最后才能识别为贫困户。对那些想做贫困户但实际上条件不符的群众就得做思想工作，解答他们的疑问，否则会引起他们的误解。

有这样一户贫困户申请危房改造，按照之前的政策他没有得到名额指标，因此他就来闹，这位贫困户情绪很激动，他还把这些不满发泄在文秀身上。为此，周支书就把原委跟文秀讲清楚，因为危房改造到 2017 年以后已经不按指标去评定了，在这期间只要房子旧，住在里面没有安全保障，就可以申请救助指标。2018 年以后在村里是有那么一户，贫困户识别是一整户，但是这一户的两个儿子都成家了，两兄弟在 2018 年同时建了 2 栋房子，政策上只能享受 1 栋房子的补助指标，但是他们却想同时拿到 2 个指标，于是村干部们就给这户人家讲政策，可是村干部们的解释并没有缓解他们的不满情绪。

这户贫困户的不满到什么程度？户主一上来就一个劲地责问，问的都是一些刁钻古怪的问题，他的儿子就拿着手机全程在录像。还有类似的村民也来问：“为什么我得不到贫困户名额，而某某家庭条件那么好反而是贫困户，我就不服。”

后来经过文秀解释之后，他们也就服气地回去，没有闹了。事情发展到这个程度，文秀并没有因为困难而停止，而是主动去到这些人的家里深入了解情况，到贫困户的地里去实际核验查看。在调查的过程中，文秀发现某一户贫困户家里已经种有砂糖橘 2 亩和脐橙 4 亩，但管护期间缺少资金投入，后来文秀根据这位贫困户的情况，帮他申请了贫困户的小额信贷和产业奖补金，总共 7000 元，很快这位贫困户就领到了第一笔 3000 元的资金，渡过了难关。

文秀到百坭村扶贫主要是找整村致贫的原因，她看到百坭村之前种有很多砂糖橘，但是管护跟不上，即便有的贫困户管得比较好，但是销路成为很大的问题。这一块文秀下了大力气，她帮助村里分析相关原因，帮助村里争取资金修好路，帮助村里引进公司建一个规范化的果园。公司在村里虽然只发展 300 亩左右的砂糖橘种植，但是这家公司的技术以及跟踪服务覆盖了全村，他们给每个屯都派去技术人员察看情况。公司的目的也是把整个村的产

黄文秀在养蜂场中考察脱贫产业发展模式（新华社供图）

业做好，这样才便于销售，才能真正让大家享受到产业的利润，从而实现全村增收。

文秀开展工作时细致入微，她知道在2017年底的时候百坭村的山茶油很好卖，而且群众对山茶油这个产业很有信心，因为当时山茶油的茶籽稍微风干就可以卖到每斤十几块钱，比往年高很多。文秀看到有的群众一天可以捡六七十斤的油茶籽，一天就有七八百块钱的收入，她觉得很好，因此就动员全村继续扩大油茶种植，她也试图帮助百坭村争取种植油茶方面的政策扶持，她专门为这个事到市里和她的选派单位争取扶持政策，希望以此帮助村里争取援助。

可以说，这些工作比较繁琐，但文秀却很细心去做，她要求村里压实精准帮扶责任，帮扶措施落实到户到人，制定“一对一”帮扶计划，指导村里发展生产、稳定就业、增加收入。比如，开展“一帮一联”，实行“一户一册一卡”，做到精准施策，让贫困群众都能切实得到帮扶，享受政策红利。

文秀说了，要让大家感受到习近平总书记对脱贫攻坚的重视，以及对广西贫困群众的关心，要把党和政府的温暖和关爱带到每家每户。

3 “小手拉大手”

在百坭村，文秀就是一个大姐姐的形象，孩子们都很喜欢她，因为她对百坭村里的小朋友们关爱有加。她经常跟小朋友们玩在一起，教他们唱歌，带他们学习，有时候见到村里的小朋友，文秀还情不自禁地上去抱一抱、亲一亲。

文秀是一个非常热爱生活的女孩。为了跟孩子们拉近距离，培养孩子们的一些兴趣爱好，文秀就自己上网学习怎么做奶茶，然后就组织村里的孩子们聚在一起做奶茶，孩子们在文秀的带领下也玩得特别开心。在文秀到来之前，百坭村的孩子们根本没想过会有什么集体的娱乐活动，文秀来到之后就给村里的孩子们组织诗歌朗诵比赛、学习环保知识等活动。

文秀在开展农村工作方面有她的亮点，有她创新的一面。针对村里环境脏乱差的问题，文秀想出了一招——和孩子们开展“小手拉大手”清洁乡村活动。

文秀来到村里之后，看到村里的卫生状况后感觉并不满意，群众有时会随地扔垃圾，她为村里的清洁卫生工作而担忧。她看到问题就要想出解决的方法，她感觉过去劝说群众爱护环境，不要随地丢垃圾，要维护卫生环境的教育方式，收效不大。她就想出了一个办法，她说大人不听劝，那就让他们家的孩子来说服大人！

于是，她就在百坭村组建了一个“小手拉大手”清洁乡村志愿者服务队，成员是本村 3 至 6 年级的学生。文秀为了充分地调动这些小朋友的积极性，周末或者假期第一时间就把他们召集过来，她自己掏钱买材料，教小朋友们煮奶茶。这周教小朋友们煮奶茶，下周就教小朋友们煮西米露。他们都是用小杯子喝，文秀就现场教他们怎么从自身做起去爱护环境。文秀接着会带着小朋友们走出村部，到村子里转转，到河边看看，让小朋友们检查所到之处的卫生好不好，垃

黄文秀组织百坭村的小朋友们开展集体活动（广西乐业县百坭村供图）

圾是怎么造成的，然后就给小朋友们讲解。讲解之后，她带着小朋友们去清扫垃圾，维护环境，然后再让这些小朋友回去跟自己的长辈们说，相当于教育大人。嘿嘿！你别说，这招还真灵了，村里的环境立马干净起来了，村容村貌大为改观。

关于垃圾分类，乐业县也在提倡，但是村屯还没正式开展。文秀来到百坭村之后，在百坭村率先推行，她说农村的垃圾实际上是可以分类处理的，比如不污染环境的一些烂菜叶或者一些杂草之类的，埋在菜地里面腐烂之后可以成为肥料；农村建房子或者是改造房子时废弃的砖瓦材料，可以用于填补坑洼的烂路；还有纸皮纸屑类的还可以拿出去卖，进行回收利用。这样分类处理的话，垃圾的量就大大减少了。

村干部们担心这样做浪费时间精力，影响脱贫攻坚任务，但文秀解释说这并不矛盾，做好了乡村卫生，有利于群众身心健康，这是和脱贫同等重要的大事。于是，文秀首先在白果屯搞了一个试点，引导大家养成讲卫生的习惯，然后在全村推广起来。

有一次，市里领导来检查，突袭抽查百坭村，发现百坭村的村容村貌实打实地做到了整洁卫生，因此表扬了百坭村。2018 年，百坭村荣获百色市“乡风文明红旗村”的荣誉称号。

驻村期间，文秀还联系自己的母校即北京师范大学的志愿者来到百坭村，教孩子们唱歌、跳舞、画画，培养孩子们的兴趣爱好，让孩子们大开眼界。文秀不幸遇难后，百坭村村委办公室里还存放着满满一箱的体育活动用品，这是文秀和她北师大的学弟学妹们还没来得及送给孩子们的六一爱心礼物，这些礼物是作为活动奖品用来激励孩子们的。

“雨露计划”是根据村里的在读学生每一年每一届入学的情况，针对中职、高职、本科学生的一项帮扶计划。之前有一些村干部因为工作太忙，没有掌握准确的“雨露计划”款项拨付的时间点，后来在整村把关的时候文秀就做得很好，没漏掉一户。每次在即将拨款的时候都有几户或者十几个学生的材料没有及时送到，文秀就在百坭村的工作群里面多次通知帮扶干部，有帮扶干部外出学习培训的，她就自己带着村干部入户让户主和学生提供相关的佐证材料帮忙办理，她就是这么急群众之所急，想群众之所想。

4 很辛苦，但很快乐

文秀来到百坭驻村开展工作后，时刻不忘抓党建，还办起了百坭村的“新时代讲习所”，她亲自写教案，亲自给大家授课。她能把枯燥的党课讲得生动有趣，让大家知道发生在广西的历史事件，比如百色起义和湘江战役。

周支书记得很清楚，文秀说 90 年前邓小平和张云逸等革命先辈，先后领导发动了惊天动地的百色起义、龙州起义，建立了中国红军第七军、第八军和左右江革命政权，创建了5万平方公里、150多万人的左右江革命根据地，实现了中国共产党在边疆少数民族地区“工农武装割据”的伟大创举，推动了全国革命形势的发展。1934年秋，中国工农红军进行战略大转移——北上长征。红七军奉命北上时途经乐业县（当时叫凌乐县），休整了7天，后来和红八军胜利会师的地点，就是在乐业县。

红七军、红八军会师乐业县，村民们第一次听到，大家对此都很惊讶。文秀还用图片、投影等方式放给大家看，以增强上课的效果。

文秀深情地讲述左右江革命风雷的峥嵘岁月，红军长征过广西这样的历史事件早已将滚烫的红色基因烙进了百色儿女的血液和骨子里。百折不挠、奉献拼搏、团结务实、争先创新的百色精神，鼓舞着一代又一代人砥砺前行。

后来，文秀结合扶贫工作，指出首先要拿出革命先烈的革命干劲，做好扶贫，贫困户要正视现实，甩掉穷帽子，从而解决贫困群众思想上脱贫的问题，这样才能实现真正意义上的脱贫。

有村民问：“怎么理解思想脱贫呢？”

文秀是这样解释的：“虽然家里有收入了，但是就是不明说，还等着上面拨款，这就是长期‘等、靠、要’的思想在作怪，这种思想是要不得的。”

文秀这样做最主要的目的是给群众灌输新的政策，党和政府扶贫安排给群众的产业奖补，是鼓励群众勤劳致富，努力发展产业，而不是拿着这个钱去买酒喝、买烟抽。现在扶贫要先扶志，扶志就是要做思想工作，就是解决贫困户的“思想上脱贫”的问题，解决贫困户的“等、靠、要”思想的问题。

还有扶智，这又怎么去做呢？文秀跟村干部们讲扶智是指教育这一块，强调说不管是贫困户还是非贫困户，所有家庭的适龄儿童不允许有辍学的现象出现。这一方面文秀也做得非常好，因此在百坭村没有1个辍学的学生，也没有发生义务教育阶段内的适龄学生辍学的现象。

文秀的到来给百坭村的村干部们也带来了很大的改变，她经常给村干部们灌输一个理念，即作为村干部应该怎么开展工作，文秀认为“做完”和“做好”是不一样的，不能只满足于“做完”，这是应付式的工作，要力争事事“做好”。她说村干部们的工作不单单只是为了完成任务，而应该是为了更好地服务群众而开展工作，大家以这样心态来开展工作效果就不一样。文秀还说，村干部都是群众信任才选出来的，因此村干部们的工作就得对群众负责，村干部们的主要工作就是服务群众。

文秀经常说：“每天都很辛苦，但心里很快乐！”

文秀用自己的初心消除了与贫困群众之间的心理隔阂，真正把群众当作自己的亲人来相处，真正让老百姓从内心深处接受了自己。

第十章

最后的背影

文秀跟家人说："正因为有暴雨更得赶回去，怕村里受灾，我还是马上得走了。"

1

忙碌的周五

2019年6月14日这天是周五，文秀的驻村日记里记载着这是她来到百坭村工作的第445天。

乐业多雨，每年进入6月，雨季就到来了。

2018年同样的时间，也是6月，文秀刚到村里两个多月的时候，当地就进入了雨季，她在自己的驻村日记里写道："乐业县近日进入雨季，通往乐业县的路段发生了塌方，情况非常危急，凌云有一户6口人家不幸被埋入土中，田林县有的地方楼房倒塌，我知道消息后，马上联系村支书，让其时刻关注百坭村情况，这个周末过得十分紧张。"

当时，村里好几条路都因塌方阻断了，文秀第一时间组织了几个村干部一起冒雨去疏通道路，碰上周末也顾不上休息。此时，她切身感受到第一书记不是份轻松的活儿，尤其在贫困的百坭村。

这天，文秀开着车，载着几位村干部去看各个屯的水利情况，因为山洪和塌方，村里不少水渠都有不同程度的受损，影响了村里的饮水和灌溉。每看一个受灾点，文秀都会写一份详细的受灾情况登记表，方便后续处理。

在那用屯，村民们都居住在河堤上，出门时会经过一条小河。平日里，村民会用绳子吊几根木条，架在两岸来充当桥梁，但一到暴雨天，木条就会被冲走。文秀想起在这儿曾见到过一位老人背着孙子，吃力地蹚水过河。这一次考察，她记了下来，要把修桥工作也提上议程。直到傍晚，一行人才回到村委。随后，文秀跟村支书周昌战打招呼，周末想回家探望生病出院的父

黄文秀在村中忙碌工作的身影
（百色市委宣传部供图）

亲，等下周回来再看看怎么解决水利的问题。

再过两天就是父亲节了。文秀在父亲节快要到来之时感到格外地想念父亲，上个月她父亲由于肝癌住院治疗，还动了手术。因为村里工作忙走不开，她有两周没回老家了，她计划着趁这个父亲节也恰好是周末的时间，要带着药品回田阳老家，看望身患重病、刚刚出院的父亲。

2019 年 6 月 14 日周五下午，文秀和村干部们查看被洪水冲毁的农田，回村后立即召开紧急会议，商议并拟定了解决办法。下午 5 点多，文秀开着自己的车，跑到新化镇汇报农田毁坏情况，并上报了解决的方案和请求，之后就匆匆赶回田阳老家了。

2

妈妈，女儿爱你

文秀的家在百色市田阳区田州镇，她家住在一栋两层的红色砖混房屋里，这栋房子就建在山脚的坡上。2019 年 6 月，文秀的父亲刚做完第二次手术，身体虚弱，吞咽困难，吃不下饭，这让文秀非常牵挂。

2019 年 6 月 14 日那天，文秀开了近 5 个小时的车，回到家时已经快到晚上 10 点了，她给生病的父亲带了一包白桦树茸、一罐蜂王浆。母亲熬了玉米粥、热好了菜等着闺女回来。文秀一踏进家门，便不顾一路疲劳，甚至都顾不上吃饭了，马上有条不紊地忙碌起来，给父亲熬药、喂药，给母亲洗衣服，给哥哥的孩子辅导作业……因为文秀的回来，一家人说说笑笑，度过了一个愉快的周末。

外人很少知道，文秀家曾经也是贫困户。文秀的父母常年生病，需要吃药，她上学的学费也是一笔不小的开支。直到 2016 年，文秀毕业以后家里才脱了贫。文秀的哥哥黄茂益说，这次给父亲治病花费了不小的开支，基本都是向亲朋好友东拼西凑借来的。

文秀家里的地板是粗糙的水泥地，二楼甚至连门窗都没安装，最值钱的家具是一台老式的台式电视机。她的房间摆着两张老旧的床，坐上去吱呀吱呀地响，她上学时用过的课本、得过的奖状都装在一个灰扑扑的行李箱里。

对于文秀的家人而言，文秀是这个家庭最大的骄傲。2008 年，文秀考入长治学院就读思想政治教育专业，每年需要近万元的学费，为了让孩子上学，父母专门去申请了助学贷款。2013 年，文秀考上了北京师范大学哲学学院研究生。上学期间，她一有空闲时间就会去当家教、做兼职，自己还了一万多元的助学贷款。读研之后，文秀几乎没再向家里要过钱。放假回家，她就去芒果地里干活帮忙，有时还到农贸市场去卖芒果。

作为家里最小的孩子，她在家人面前活泼、懂事、胆子大，总是笑眯眯的，很少见她撒娇、掉眼泪。黄茂益说，别的小朋友小时候都会向父母讨要生日蛋糕，但文秀却没有正式过过一个生日。有时候，她跟妈妈去山里干活，走山路时都会主动走在前面，护着妈妈。去果园除草时，她被虫子叮了一身包也不抱怨，用清凉油涂一涂就接着干活。

文秀家里刚满 10 岁的侄子，最听小姑姑的话。小孩平时贪玩调皮，不喜欢学习，父母也不知道该怎么教导他。但只要文秀一回家，他就会安安分分地坐在桌子前，等着文秀教他汉语拼音和乘法口诀。

文秀工作刚满一年的时候，就送了嫂子和妈妈一人一只定制的纯银手镯，送给妈妈的那一只手镯上刻着 4 个字——女儿爱你。

2019 年 6 月 16 日那天上午，有村民给文秀打电话，说是连夜的洪水冲毁了农田，她就想到那条灌溉 200 多亩农田的水渠刚刚被山洪冲断，必须尽快处理，恢复灌溉，不然村民无法耕作。文秀当时用手机查看了天气预报，显示当天晚上有暴雨。知道晚上天气会突变，文秀决定不吃晚饭了，要赶回乐业县百坭村。

她急着要出门，病床上的父亲也理解她，但也非常担心："现在开车回村里不安全，明早再回吧。"妈妈也挽留女儿，嫂子和侄子更舍不得文秀走。

是走还是留？一时也让文秀为难。她惦记着村里的事，农田灌溉水渠被洪水破坏，也是亟待修复的。文秀觉得这洪水来势汹汹，又很无情，让她没法安心待在老家了！

面对亲人的挽留，文秀经过慎重考虑，还是决定回到工作岗位，于是只好跟家人说："正因为有暴雨更得赶回去，怕村里受灾，我还是马上得走了。"文秀叮嘱了父亲一句"按时吃药哦"，便出门去了。

"处理完事情后，我下周末再回来！"但谁也没想到，这竟成了文秀与家人面对面留下的最后一句话。

3

生命，融入大地

2019 年 6 月 16 日的夜晚，文秀独自一人开着自己的汽车，冒着雨点驶出家门。一切也像往常一样，并没有太多的意外，她一路驾车奔向她心心念念的百坭村……可是，雨越下越大，文秀开车到凌云县城附近路段时，暴雨引发了山洪。

是继续前进？还是退回去？

在车里，她致电百坭村村支书周昌战，询问村里受灾情况，电话商量解决办法。她很担心，因为当地的土质比较疏松，一到雨季，路面容易发生塌方和滑坡。

风雨交加的雨夜，伸手不见五指，前方路况不明，大雨滂沱，把全部车灯打开都不管用了。通完电话后，文秀下车查看路况，可是大雨马上淋湿了她，文秀想找人问问前方的情况，然而咆哮的暴风雨淹没了所有的声音，被淋湿的她迅速躲回车里，她在微信群里连续发出了一条条求助信息："我被山洪困住了！""前面有一辆车消失了！"

信息一条比一条紧急，一条比一条令人揪心……

当时已是子夜十分，人们大都进入了梦乡，偶尔看到微信群里信息的朋友，也无法探究现场的具体情况，只是发来安慰她的信息，劝她在路上要小心。

暴雨形成的巨大洪流，冲击着她的车子，似乎要把她连人带车掀翻了。前不着村，后不着店的，是前进还是后退？她必须立刻作出抉择！

透过几道闪电的亮光，文秀看到手机定位显示，只要开过这个拐角的山坳，前面就是县城了。进退两难之时，文秀总是不会退缩，她毫不犹豫地选择了前进！

然而，倾盆而下的大暴雨汇成了滔滔山洪，瞬间把她连车一同冲到悬崖边，接着又把她卷到河里……

子夜的暴风雨，继续猛烈地下着，这时的天空仿佛一个巨大的黑洞，吞噬着地上所有的生灵，而这一切，也就是瞬间的事情而已！

凌晨 0 点 12 分，文秀在“广西云”平台和家族微信群里发了一段 10 多秒的小视频。

视频里黑漆漆的一片，只有车灯发出微弱的光，照出密集的雨点，电闪雷鸣，还有频频摆动的雨刷和从山上倾泻下来、淹满整条公路的洪水。

在微信群里，文秀对家人说：“我遇到山洪了，两头都走不了，雨越来越大。”没有人预料到，这成了她留在世上的最后几句话。

关切文秀的亲朋好友发出关注的信息后，没见文秀在微信里作出回应，都以为她化险为夷回到住处休息了。

远在广西柳州的姐姐黄爱娟，当晚收到妹妹文秀的最后一条信息之后，她就连续给文秀发送信息，但没有得到文秀的回应，黄爱娟拨打了文秀的电话也没人接听，听不到文秀的声音，这让她隐隐不安，彻夜难眠。但黄爱娟怎么也想不到，第二天接到的电话是说文秀在雨夜失联了，相关部门让她马上赶回百色，一起去寻找文秀！

在广州工作的哥哥黄茂益，第二天也接到同样的电话，于是他立即赶回百色。

闻讯而动的记者马上发出了第一条消息：担任第一书记的黄文秀在返回驻村的路上，在暴风雨之夜失联了！

这条令人揪心的消息，立即在当天一早的新闻和微信群里迅速传播，形成了巨大的新闻效应，牵动着许许多多人的心……

当地政府立即派人奔赴现场，展开搜索和救援……

2019 年 6 月 17 日一大早，赶到现场的人们看到的是被洪水冲毁的路基，被洪水冲进河沟的毁坏的车辆，这个场景是如此的惨烈……

搜救无望！

焦急的人们和文秀的哥哥姐姐一起，急切地呼唤：

——文秀，你在哪里？

山谷回应：

——文秀，你在哪里？

暴雨无情！洪水无情！

最后找到文秀的时候，已经是暴雨过后的第二天下午黄昏时分，文秀是在距离事故现场近千米的河道下游被打捞上来的。

此时的她，已经永远地闭上了双眼！

赶到现场的亲人们哭喊着："文秀！文秀！"

从乐业赶来的百坭村村干部们哭喊着："文秀书记！文秀书记！"

一声声的呼唤，一声声撕心裂肺的哭喊，文秀再也听不到了！

这是苍天大地都要落泪的一天！

文秀的生命就这样定格在了 30 岁，她青春的生命融入大地之中，定格在扶贫第一线上。

文秀走了，带着对父母的牵挂，带着对家乡人民的热爱和脱贫致富的期望，永远地走了……

她从大山中来，是党的扶贫政策让她家通过易地搬迁摆脱了贫困。她向大山中奔去，放弃大城市的工作机会，把扶贫路当作"心中的长征"，将生命绽放在祖国最需要的地方。正如习近平总书记对黄文秀同志先进事迹作出重要指示中所指出的，黄文秀同志"在脱贫攻坚第一线倾情投入、奉献自我，用美好青春诠释了共产党人的初心使命，谱写了新时代的青春之歌"。

黄文秀的名字，将永远镌刻在百坭村这个偏僻山村的每个人的记忆深处，也永远留在我们的心中。

第十一章 文秀的家风

文秀的父亲黄忠杰说：“是党培养了文秀，她为党的工作而牺牲，我为有这样的女儿感到欣慰和骄傲。”

1

美丽的茶女人

山区里的一天是怎样开始的？百垠村的早晨是什么样子的？

自从文秀担任驻村第一书记之后，远在外地的同学、朋友，总是对她在山里的生活充满了好奇。

每当听到这些好奇的询问，文秀虽然笑而不语，但是她脑海里闪现出著名球星科比的那句反问：“你知道洛杉矶每天凌晨 4 点是什么样子吗?”

文秀的父亲年轻时喜欢打篮球，之后虽然上了年纪打不动了，但也还是篮球迷，看电视不是看新闻就是看篮球比赛。有一次，他和文秀谈起了 NBA，谈到了他喜欢的球星——科比。这让文秀很惊讶，她受到父亲的影响，也开始关注这位传奇的篮球巨星，同时文秀非常喜欢科比的一段采访，这段采访的大致内容如下。

记者问科比：“你为什么能如此成功呢?”

科比反问道：“你知道洛杉矶每天凌晨 4 点是什么样子吗?”

记者摇摇头，说：“不知道。那你说说洛杉矶每天凌晨 4 点究竟是什么样的?”

科比挠挠头，说：“满天星星，寥落的灯光，行人很少。”说到这里科比笑了：“你说是吗？每天洛杉矶凌晨 4 点仍然在黑暗中，我就起床行走在黑暗的洛杉矶街道上。1 天过去了，洛杉矶的黑暗没有丝毫改变；2 天过去了，黑暗依然没有半点改变；10 多年过去了，洛杉矶街道凌晨 4 点的黑暗仍然没有改变，但我却已变成了肌肉强健，有体能、有力量，有着很高投篮命中率的运动员了。”

在 NBA 的词典里，对“科比”的释义简单明了——勤奋再勤奋、刻苦再刻苦、严苛再严苛！

文秀很喜欢这段采访，“你知道洛杉矶每天凌晨 4 点是什么样子吗?”成为一句形象的励志话语，不断激励着她。文秀曾说：“成功是需要付出的，虽然我不是天天都能看到百坭村凌晨 4 点的样子，但至少我每天都不会偷懒，会早早起来迎接每一天的太阳。”

自从搬到村里住下来之后，文秀就想方设法地融入百坭村的群众中。她每天也都在观察，也尽量就山村和城市的不同之处，去和同学、朋友分享。是啊，山村里的早晨肯定和大城市不一样的。大城市的早晨是从快节奏开始的，几乎所有的人都在快速的节拍下奔走，仿佛一部交响乐中的一个快音符。尽管太阳还没有放出一丝的光芒，但是街上早已人流如潮，车来车往，在激流奔涌的比如北上广这样的大城市，人们不敢有半丝的懈怠。

文秀记得她刚到北京读书时，家里人好奇地问：“北京的早晨是怎样的？升国旗是怎样的?”当时她这样告诉家里人：“北京的早晨是伴随着升国旗而到来的，升旗时那庄严的气氛、神圣的仪式感和升旗手们铿锵有力的脚步声，就是一个大国才具有的气派！每天早晨，北京向全世界传递出共和国的最新信息，展示我们伟大祖国的尊严。”

在文秀看来，北京的清晨就是一幅画，一幅三维画卷，你能爱上北京，就是因为它有自己的独特之处，北京的国槐、杨柳和别处的国槐、杨柳也许没有什么两样，但是你能从北京的国槐、杨柳身上感受到首都的气象。

北京的清晨，不仅仅能给人们带来新的体验、新的感觉、新的面貌、新的视野，关键是更能给人带来新的思考、新的思想、新的朝气、新的想法、新的认识。

文秀还记得她当年带着父亲去逛北京时的情景。父亲第一次来到首都，来到天安门广场，很感慨地说：“北京这么大的地方，这么多的人，这么多的路，这么多的车，这么好的环境，不知多少人在精心地维

黄文秀与父亲黄忠杰在北京的合影（黄爱娟供图）

护着，真是大得走不到头。哪像在村里，走几步就没路了！”

那次她被父亲的话逗乐了。

说到北京，文秀还是挺怀念那段研究生的学习时光的。假如她不回家乡，也许她现在就在北京的某一个高楼大厦里上班，过着和百坭村完全不一样的生活。

也有同学或闺蜜亲切地问她，拥有了高学历，见识了大世面，却告别了繁华的都市，在乡下工作这么苦，后悔当初的选择吗？

她总是微笑作答：“开弓没有回头箭，每天都过得很充实，哪来的后悔？！”

这天还蒙蒙亮，听到鸟叫声后，文秀和往常一样早早起来，迎着山野吹来的凉风，来到河边的地里。

在山里，起得最早的不是她，她发现村里起得最早的是那些种菜的人家，他们每天早早爬起来，挑粪担水到地里，采摘自家种的新鲜蔬菜，然后再挑出去卖给外面的人，常年如此。

后来她也观察到了，山里的农民一般是不偷懒的，他们都早早出工，等到太阳晒到头顶将近中午时分，他们才从地里回家休息。掌握了这个规律之后，她对农户的入户调查和家访就顺利多了，若是按正常上下班时间去农户家，大多时候是会吃闭门羹的。

沿着环村蜿蜒而过的河流，一身运动装的文秀走上山地，来到茶叶地里撸起袖子和农户一起采茶……

中午时分，太阳猛烈起来，晒得人有点发晕，这时大家陆续收工回家，文秀也回到村部，喝着自己早上熬的南瓜粥，然后掏出驻村日记，记录下当天的工作和收获，有时还会把早晨的见闻和心情发到微信朋友圈：

偶遇上山采茶的嫂子，和她体验了采茶的晨间时光，对面山那边桥下养鱼的黄哥的音响也很棒，在这边也能听到他播放着李玟的《美丽的笨女人》，林间小鸟的欢鸣，桥下的鸡、鸭、鹅一起叫喊着，百坭村的一天就这样开始了。

很快，她听到手机的消息铃声，她看到朋友们纷纷点赞，有的留言说：

“第一眼读到这些你在山村的信息时，感觉你的山村太美了！着实惊叹！”

“淡淡几笔勾勒出的百坭村，俨然一幅水墨画卷，清悠隽永。”

“除了对百坭那片土地的爱，还有什么力量能够让字里行间的诗、画、心、趣共振起来呢?”

“每一字每一句，你都写得那么纯美，感受到你对百坭村真的是发自内心的喜爱啊！”

这些热切的关注和激励，让文秀心里暖暖的，她回复道：“不论在大城市，还是在小山村，美好的早晨，都是从心里开始的！”然后在表情包里，挑了一个调皮的表情放在文字里一起发送，以表示对大家的感谢。

她经常自嘲是“美丽的笨女人”，今早上偶然听到的山那边飘来的歌声，现在仿佛又在耳边回响，她走进自己的小卧室，打开手机搜索这首歌，然后跟着轻轻唱起来：

这一个美丽的美丽的笨女人，
她的故事发生在每个角落里，
她让我相信了自己的爱情，
不能和她一样软弱无力，
不能迷迷糊糊勉强自己……

一番自嘲的哼唱之后，文秀注意到六一儿童节快到了，她正在筹备把村里的孩子们召集起来，让他们参加一次有益的集体活动。眼下，文秀正在挑选准备给孩子们教唱的歌曲，这件事情让她有点犯难，她觉得应该选励志的歌曲，后来她在候选歌曲里挑选了《我们不一样》，这是一首非常励志的歌曲：

我们不一样，

每个人都有不同的境遇，

我们在这里，

在这里等你……

她想告诉孩子们，身在贫困村不要悲哀，要有志向，要有骨气，更要有改变自己命运的勇气，在党的阳光雨露下茁壮成长。她也会问孩子们“百坭村凌晨4点是什么样子的”这样的问题，希望以此勉励孩子们勤奋学习。

我们不一样，但我们每一个山里人都会看到最美的朝阳，他们会伴着清晨的第一缕阳光开始一天的辛勤劳作，他们会用最真诚的微笑对待每一位山外面的朋友……

扶贫工作队队员们都清楚文秀特别喜欢小孩，并且文秀有“让人一下子就觉得很亲近”的能力。百坭村里的孩子们缺乏玩具，文秀就把竹筒锯成段，两边打孔，用红绳穿起来，做成像腰鼓一样的乐器，在孩子们背诵村规民约的时候为他们击打节奏。

村民们永远不会忘记这个画面：村里小超市的老板家有一个8个月大的小女儿，文秀路过的时候都情不自禁地去抱一抱、逗一逗小女孩，低头去碰她的鼻子，亲她的脸。小孩子显然已经和文秀很熟，不哭不闹，文秀很温暖地笑着，小孩也对着她甜甜地笑着。

姐姐黄爱娟记得，妹妹文秀生前曾说过，她最大的愿望是在家旁边盖一座两层的小楼，开一家幼儿园，但那只能是永远的遗憾了。

喜欢一个地方，既要关爱儿童，同时也要真心对待这个地方的长者，这是文秀的习惯。

村委会对面，是80岁的壮族老伯蒙永健的家。蒙老伯讲着壮话告诉记者，他家曾是贫困户，现在一家人靠种茶叶、茶油果以及农闲时儿子和媳妇外出打零工取得收入脱了贫。

“之前，文秀书记隔三差五会来我们家，告诉我新农合政策，帮我们办医保。我生病了，她又来告诉我们可以报销、怎么报销……”

谈话间，蒙老伯的目光望向对面的村委会。一年多来，那是文秀书记常住的地方，老人家念着文秀书记的好，总说：“她对我们老人挺好的，是个勤快踏实且不娇气的姑娘。”

2 坚强的父亲

这是一个普普通通的壮族农民，一个普普通通的名字——黄忠杰。他说着一口地道的田阳巴别乡的土壮话，他个子瘦高，身体还很结实、硬朗，一看就知道是长期在田间劳作的那种南方农民的形象，我们怎么也不会想到他已是年过七旬的老人，而且住院动过两次手术。

这又是一个不一般的壮族农民。

大家是通过电视新闻和在图片报道里看到他的，从他沉着的神态和所说的话，大家最大的感受就是这个父亲真了不起！文秀的父亲是一个伟大的老人！

2019 年，恰好 70 岁的黄忠杰，这一辈子怎么也想不到，他一个山里的老实农民，怎么会受到这么多人的关注和重视。

他第一次走进大众的视野，是黄文秀确认遇难后的当天下午。

2019 年 6 月 18 日下午，经过指纹比对，黄文秀已经确认遇难，上级指示黄文秀所在的原单位——百色市委宣传部，一定要尽快做好家属的安抚工作，并妥善安排后事。

据一位工作人员回忆，当时通知家属的最初方案是：考虑到文秀父母已年老体弱，她父亲身患癌症，而且是手术后刚出院，母亲长期患有心脏病、脊椎病等，不便马上将噩耗告诉他们，决定只通知文秀的哥哥和姐姐。

文秀遇难的消息，要不要直接告诉她的父母呢？这也成了当时困扰文秀哥哥和姐姐的最大难题。他们担心二老一时接受不了，打击太大，加重病情，那就不妥了。

后来考虑到文秀父亲在家里有收看新闻联播的习惯，所以工作人员再三斟酌，调整了方案，还是决定告诉老人真相，而且要及时，不能拖延。

就这样，去通知家属的工作就落到了文秀的姑姑黄丽婷的身上。为了预防意外，医院也派出救护车在附近待命，以便发生意外时能及时地对文秀的父母进行抢救。

接到通知时，正在百色殡仪馆处理文秀后事的黄丽婷以及文秀的哥哥和姐姐马上赶回田阳。进家之前，他们 3 个人同时约定了“3 个千万不能”——千万不能哭出来，千万不能掉眼泪，千万不能露出悲伤的神情。总之就是担心老人家一时接受不了，发生另外的意外。

他们驱车回到自己的老家——田阳县田州镇郊区绢纺厂附近的山坡上。他们停好了车，抹干了眼泪，相互检查各自的神情，装作没事一样回了家。

一踏进家门，哥哥黄茂益、姐姐黄爱娟见到了日思夜想的父亲和母亲，他们坐在厅堂里休息，有说有笑的，父亲这时还在喝着中药。

3个亲人同时回来，让2位老人喜出望外，二老高兴地招呼他们落座，黄忠杰笑眯眯地开玩笑说："呵呵，哥哥从广州回来，姐姐从柳州回来，小姑从田州回来，3个人从'3个州'回来，好啊好啊！"

3个人一时语塞，你看我，我看你，不知如何应答。母亲微笑着转身进厨房去，佝偻着背慢慢端出玉米粥来。

惊喜之余，黄忠杰继续问道："今天不是什么节日，也不是周末，你们怎么那么巧能一起回来呀？哎呀！这也太巧了，今晚我们杀鸡哦！"他说着，就起身想去抓鸡来宰。

黄茂益轻轻说了一句："老爸先不忙。"

这3个人从不同的"3个州"回来，如果是在平时，肯定被黄忠杰的玩笑逗乐了，可刚刚知道文秀遇难的他们，心情悲伤到了极点，而进门前约定的"3个千万不能"，又让他们强忍着内心的悲痛，还要装出镇定的样子。

如果是演员，也许他们可以装着应付过去，但是他们毕竟不是演员，连掩饰一下情绪的技巧也没有，毕竟是刚从殡仪馆赶回来，毕竟刚刚看到从冰柜里拉出来、用白布盖着的文秀的遗体！他们一路哭哭啼啼地往家里赶，还没来得及喘一口气，这让他们3个人如何做到"3个千万不能"呢？这也太难了！

如果说暂时不掉泪，一下子还装得出来，但要一直保持没有悲伤的神情，文秀的哥哥和姐姐做不到，就连见过世面的文秀的姑姑黄丽婷也做不到啊！

看到3个人还愣在那里，也就短短的几分钟，黄忠杰也许看出他们的神情有点异样，和往常确实不一样，就马上追问："你们回来，文秀知道了吗？"

一提到"文秀"，刹那间空气仿佛凝固了一般，3个人立马僵住了，原来设计的表情不管用了，文秀的姐姐和姑姑憋住的眼泪马上夺眶而出，她们转身别过脸去，不让老人家看到。

父亲看到哥哥黄茂益欲言又止的样子，说："到底有什么事？不要支支吾吾的。"

父亲接着说："有什么大不了的事哟，天塌下来，我个子比你们高，由我来顶住。你们痛快直说吧！"

黄茂益走过去，扑通一声跪在地上，一把抱住父亲的双腿说："阿爸，文秀不在了！"

父亲愣了愣，他一下子不明白这个"不在"是指什么，他说："是啊，她周五回来送药给我，周日下午刚去乐业，她是不在家。"

这时，黄丽婷的电话响了，她跑到屋外接听后得知自治区领导带领慰问组已进入田阳，马上就要到文秀老家，她意识到不能再含糊过去了，她定了定神，走回厅堂，来到自己的堂兄身边，轻声地说："七哥（文秀父亲排行老七），文秀开车回乐业途中出事了！"

黄忠杰赶紧追问道："出事？文秀现在怎么了？"

黄丽婷强忍住悲痛，她知道此时自己必须镇定，以减少对老人的刺激，她擦了擦眼泪，答道："文秀开车回乐业途中遭遇突发的洪水，连人带车被洪水冲到河沟里……"

黄忠杰着急了："那她人呢？救上来没有？"

说到这里，黄丽婷觉得文秀的父亲是有承受能力的，也就实话实说了："已经没法抢救了，派出的搜救队从昨晚找到今天，才打捞上来，现在送到殡仪馆了，她走了……"

"她走了……"黄忠杰重复着黄丽婷的话，他直直地看着黄丽婷，仿佛想从她脸上辨别真假，希望一向老实的堂妹，这回说的不是真的，是跟他开玩笑的。

听到黄丽婷说文秀“她走了”，文秀的母亲刚刚给他们盛有玉米粥的碗从手中滑落，瓷碗摔到地上的破碎声音显得很刺耳，更让人有揪心的刺痛感。姐姐黄爱娟过去扶住母亲坐下，母女俩抱头痛哭。

黄丽婷透过泪眼，看到黄忠杰直愣愣地望着天花板，眼里满是泪水，听到他自言自语：“前晚她不急着走，就好了……”

黄茂益安慰父亲：“请您不要伤心。”可是他自己却控制不住痛哭起来。

厅堂里，顿时被不幸的消息带来的悲伤笼罩着。黄丽婷想到领导的吩咐，不能太刺激老人，尽量做好安慰工作，她刚想开口说话却也泪已成行，安慰的话变成了哭声。

黄忠杰把目光从天花板收回，文秀是她疼爱的小女儿，他强忍着泪水，听到他们都在哭，就劝大家：“既然事情已经是这样，就不要哭了！大家要坚强一点！”

本来是来安慰老人的，却被老人反过来安慰。黄丽婷听到堂兄说出：“大家要坚强一点！”便止住了哭声，看着自己一贯敬佩的兄长，黄丽婷心里想着：“他确实是从一个个苦难中苦熬出来的人，是一条硬汉子！”

3 被婉拒的慰问金

2019 年 6 月 19 日下午，广西壮族自治区有关领导来到田阳看望慰问黄文秀的家属，对黄文秀的不幸遇难表示沉痛的哀悼，对黄文秀的家属表示亲切的慰问。

在文秀家中，自治区领导与家属们一一握手，代表自治区向他们表示慰问，感谢文秀的父母为党和人民培养了一个好女儿，并再三叮嘱家属一定要节哀，一定要保重身体。“你们不要太难过了……也不愿看到你们这么悲伤。”自治区领导勉励他们化悲痛为力量，保重好身体，照顾好家庭。

文秀的父亲讲述着文秀平时的点点滴滴，声音几度哽咽。“现在我们能住到县城要感谢党，要不然我们还住在巴别乡贫困的山村里，是党帮助我们老百姓过上了幸福生活。是党培养了文秀，她为党的工作而牺牲，我为有这样的女儿感到欣慰和骄傲。我对党和政府没有什么要求，就是出了这个事，给党委和政府添麻烦了……”

自治区领导静静地听着，他们被文秀父亲的通情达理和坚强所感动。在了解到文秀当年读书时得到了教育扶贫资助，为回报社会，研究生毕业后毅然选择回来建设家乡时，自治区领导说：“黄文秀以感恩之情开展工作，回报家乡，尽职尽责、无私奉献、不怕牺牲，这种精神值得宣传和发扬。”

在自治区领导临走的时候，文秀的父亲把慰问金交还到领导手中，他说：“家里的困难我们会努力去克服，就不再给政府添麻烦了。这些钱拿回去，也许村里的扶贫工作还能用得上，把这些钱拿给那些更需要帮助的人吧。”

文秀的父亲又补充道：“我对党和政府没有什么要求，是因为有共产党，我们现在才能过上幸福的生活。如果没有共产党、没有习近平总书记，我还在原来那个贫困山区里，很难走出大山。文秀出了这个事情，给党和政府添麻烦了。”

“文秀的父亲确实太坚强了！”这是我们在百色采访期间听到的关于文秀父亲最多的评价。

文秀的一名同事平时跟文秀在工作上对接比较密切，文秀的许多照片就是她拍的，两人亲如姐妹，也正因如此，单位领导安排这位同事全程协助文秀的家属处理文秀的后事，她说她永远记得文秀父亲的那段话：

她是一个很孝顺的女儿。那天晚上回单位之前她来喂我吃药。她反复交代我要吃药，但是她就这样一去不复返了，我就这样失去了一个好女儿。白发人送黑发人。我非常悲痛，晴天霹雳，但是眼泪流是流不完的。

文秀父亲的这一番话，令人动容，让人不禁热泪盈眶，也让在场的所有人感到吃惊。一个普通农民听到自己心爱的女儿遇难后的神情，虽然非常地悲痛但也如此地镇定，没有丝毫装出来的痕迹，他所说的话既通情达理，又给人鼓舞。

文秀父亲正式进入全国人民的视野，是在2019年七一建党纪念日当晚9点央视一套播出的《用生命坚守初心和使命的优秀青年共产党员——黄文秀》这一期电视节目中，广大党员干部认真收看和收听，中共中央宣传部将"时代楷模"的奖章和证书颁到了黄忠杰和黄爱娟的手中，大家为文秀而感动，也敬佩文秀的父亲，他在文秀不幸遇难之后说出的话语，也感动了成千上万的党员干部：

你要听党的话，以后为社会做出贡献。

今天她做到了，我为她感到自豪，我为她感到骄傲。

我们现在最遗憾的是，她再也不能为党为国家工作了。

他在失去女儿时没有怨天尤人，更没有被突如其来的噩耗和困难压垮、击倒，他自己奋力挺了过来，同时也勉励亲人们要坚强起来。

这，就是文秀的父亲，一位普通的壮族农民，一位具有崇高境界的父亲，一位大写的中国硬汉子！

让我们记住他的名字——黄忠杰！

4

文秀的家庭

乐业县新化镇，这是文秀曾经工作过的地方。

2019 年 6 月 28 日，我第一次去到乐业采访与文秀相关的人员。我和当地的同志一同走进文秀在镇里的宿舍。除了简单的衣物，她房间里最多的还是书，因为没有专门的书柜，她的书摆满了床头和床尾，其中包括习近平总书记的重要著作，可见她这个研究生毕业的姑娘，平时还是很喜欢看书的。

在文秀住处的书桌上，我意外看到了文秀的书法和绘画作品，其中有一张立在书桌上的“我和我的父亲”的铅笔画吸引了我。

其实，这还只是一张草图，画面上画着一个小女孩被父亲扛到脖子上，架在父亲肩头上的小女孩显得很高兴，样子调皮、可爱。

这幅画，深深印在我的脑海里，文秀这是在画她自己和父亲啊！在随后的采访中，我越来越感到文秀的父亲对她的影响，以及文秀在父亲心中的地位是何等的重要。

文秀在她研究生论文的“致谢”里，第一个感谢的人就是她的父亲，第二个才是导师。难道只有小学文化水平的父亲，还能指导文秀创作高难度的硕士论文？

她的硕士研究生论文《广西壮族优秀传统文化中德育资源的开发——以

黄文秀的画作《我和我的父亲》（黄爱娟供图）

传扬歌校本课程开发为例》的“致谢”是这样写的：

> 首先我必须要感谢的是我的父亲黄忠杰先生，他一直鼓励和支持我所做的任何决定，包括当时报考北师大，也是他促成了我这篇论文的主题。我的父亲尤喜唱山歌，参加乡里的比赛还拿过冠军。小时候，经常能听到父亲引用传扬歌中的句子来教育顽皮的我，他总喜欢说：“我说的学校里没有吗?”这就是我选题的原因，壮族的传统文化在一点点地遗失，这是一个很大的问题，值得今后进一步研究。

通过以上文字，我们清楚地看到，文秀感谢的不仅是父亲的养育之恩，而且是爱唱山歌的父亲引用传扬歌中有价值的部分来滋养女儿，这对她的学术研究有重要的帮助作用。

后来，我就“山歌”与“传扬歌”的问题与文秀父亲核对过，他说的确是这样，在田阳巴别乡土生土长的黄忠杰，从小就会唱著名的“巴别调山歌”，出口成章，得过“山歌王”的美誉。文秀不仅从小就遗传他的禀赋，而且还会用山歌蕴含的道理来勉励或者约束自己。

这也让我们明白了一个道理，家长是孩子最好的老师！父母对子女的正面影响，不仅对子女的成长、身心健康起到正面引导，甚至能帮助到孩子更好地完成学业。

这不是天方夜谭，更不是我们的臆想与推断，而是真实的存在，文秀就是现实版的成功范例。

也许，这个就是文秀念念不忘父亲、敬佩并遵从父亲意见的内在原因。

那么，文秀的父母是如何培育她的呢？或者说，文秀在怎样的家庭环境中成长的呢？

在这大半年的采访中，我多次和文秀家人探讨了这个问题。

5 家人的讲述

随着采访的深入，文秀的父亲对我们作了这样的讲述：

我叫黄忠杰，今年正好 70 岁（出生于 1949 年 9 月），我其实不姓黄的，原来是出生在李姓的家庭，后来过继给姓黄的亲戚，就改姓黄。我家里人口多，一共有 8 个兄妹（5 女 3 男），我排行老七。因为家里实在太穷了，家庭负担重，这个影响了我的读书，我完成了小学的学业之后就继续上初中，但初中没读完就回家干农活挣工分了。我爱唱山歌、爱打篮球，样样都很出色，但由于各方面的原因，后面参军、入党、招干等都没有沾边，连自己的婚姻都受到影响，28 岁才结的婚。

我和你讲讲我们家庭的主要成员：

黄文秀与家人的合影，前排是黄文秀的母亲黄彩勤，后排从左到右分别是黄文秀、黄文秀的侄子、父亲黄忠杰、哥哥黄茂益（黄爱娟供图）

我爱人，也就是文秀的妈妈黄彩勤，比我小 7 岁，结婚后生养文秀他们兄妹 3 人。老大黄茂益，儿媳妇韦秋色是百色市那边嫁过来的，比我儿子小 10 岁，他们的儿子，也是我孙子，名叫黄柄伟，2019 年恰好 10 岁。

我爱人在生文秀的姐姐黄爱娟时得了脑膜炎、肺结核，开始落下了严重的病根，后来生文秀时又大病一场，以至于没有奶喂孩子，文秀是吃不到一口奶水的，可以说她是吃百家饭长大的，所以我经常教育文秀要懂得感恩，回报亲人，报答社会和国家。

我们家原来不是在这里（指现在居住的县城郊区），原来的老家是在田阳巴别乡，是距离县城最远的德爱村多柳屯，那是田阳、德保、田东三地交界的偏僻山区，说起巴别乡，大家都懂得的，那是出了名的大石山区和石漠化地区，地处偏远，干旱缺水，我们所在的村屯属于极度贫困村。

我苦不要紧，但不能苦了孩子，尤其是为了3个孩子的读书与成长。但我是贫穷的山里人，我要去哪里寻找出路呢？

文秀出生那年，政府号召贫困村易地搬迁，搬到外面自然条件好的地方生活。我从小就没机会走出大山，外面的世界怎么样，还真不了解。也真巧了，住在县城附近的文秀的二舅（文秀妈妈的亲哥）打电报过来——当时没有电话，与外地的联系，紧急的只有发电报，他问我借200元，当时电报就一行字，又没法说清楚为什么要借钱，80年代的200元是一笔大钱啊！我这么穷，文秀刚出生，她妈妈没有奶水，奶粉都买不起，我还想去借钱呢，哪有钱来借？看着电报，我和她妈妈发愁了，怎么办？

但我心里想，亲戚开口借钱肯定有困难了，而且会很着急，将心比心，我不能袖手旁观，或者一口回绝，我一定要帮！所以，我毫不犹豫，马上登门去求其他亲戚，我用我家养的牛来做担保，好不容易凑够了钱。钱是借来了，可怎么寄出去呢？同时又担心山高路远的，寄出去的钱文秀的二舅能不能收到？当晚我又发愁了。

文秀的妈妈建议我亲自跑一趟送出去。我想也对，第二天就搭班车，亲自护送这笔“巨款”到文秀的二舅家。

见到我亲自送钱出来，文秀的二舅乐坏了，说我是及时雨，解了他们家的燃眉之急，他们捧着我借给的200元时如获至宝。

这一趟跑出来既解了文秀的二舅燃眉之急，也给了我长了见识。为什么这么说呢？

因为这是我第一次正式走出大山开了眼界，可以说长这么大，我很少到县城来，而县城的发展我都看得惊呆了，发现这里地势平坦，交通便利，用水用电都很方便，这个是在山沟沟里没法比的，我更体会到政府要我们从大石山区易地搬迁出来的良苦用心了！于是我和文秀的二舅家商量全家易地搬迁的事，得到了他们的赞成。这一趟，真是一举两得啊！后来，我就带领全家走出大山深处，在当地党委和政府的扶持下，在现在这个郊区开荒种田，还盖起了房子，在这里扎了根。

全家生活逐步得到了改善！你看看，没有党的关怀，没有政府的帮助，我们怎么会有今天的好日子？我们的孩子怎么会有书读？

所以，我就教育我的孩子，喝水不忘挖井人，幸福不忘党恩情！

黄忠杰最后对我说，他对文秀历来都是这么要求的，他还编成歌曲唱给文秀听，让她永远记在心里。

家庭不富裕，或者是穷人家怎么教育孩子这个问题，文秀的父亲也谈了他的想法。

他说："我也没有多少文化，也不知道什么穷养或者富养的，我就认准一个道理，家里再困难，也要让孩子们上学，接受良好的教育！"

周边的人家都是重男轻女，而他家两个女儿都上了学。虽然家庭困难，但是作为家中顶梁柱，黄忠杰每日上山干活，带着家人种植甘蔗、芒果，养猪、养牛、养马。尽管家境清贫，但他一直相信勤劳能够致富，一家人团结和睦，孩子肯读书，日后必成才！

"文秀从小懂事，很少让我操心，她也很体贴长辈、孝敬父母。2015年国庆期间，她用她在北京读书时参加勤工俭学和做兼职攒下的钱安排我去北京，带着我逛了北京。将近半个月的时间里，文秀每天都是6点起床，早早带着我吃早餐，带我去天安门、毛主席纪念堂、故宫、长城，还专门到了她上学的北师大，见到她的导师和同学，圆了我多年以来要看看北京天安门、看看毛主席纪念堂的愿望。"

作为父亲，黄忠杰要让文秀知道自己的家庭作为易地扶贫搬迁户的不容易，文秀从小目睹了自己的父辈和乡亲们与贫困作斗争的情形，切身感受到农村贫困群众生产生活的艰辛，也切身体会到父母亲供养自己读书的不容易，感受到党和政府对自己培养的温暖，体会到社会爱心人士资助自己上大学、上研究生所蕴含的无私大爱。她童年、少年、青年整个成长经历都传承了老区的红色基因，骨子里流淌着老区人民对祖国对家乡最深沉的热爱。

说起刻有“女儿爱你”的手镯，文秀的母亲和嫂子回忆起来，又是一番感慨。文秀的母亲话不多，普通话也说得不流利，我干脆就和她用本地壮话来沟通。2018 年，文秀发现母亲双腿走路艰难，就买了一个小轮椅；2019 年三八妇女节，文秀给母亲和嫂子各送了一只手镯。

文秀母亲一边说，一边用手摸摸手腕上刻着“女儿爱你”的银手镯，仿佛是在抚摸自己小女儿的手……这位 63 岁的母亲，长年受到病痛的折磨，加上刚刚痛失爱女，看起来比实际年龄还要苍老，佝偻着背坐在墙角，默默地盯着手镯看了又看。

这位白发苍苍的老母亲，从生下第 2 个孩子开始，就落下了严重的病根，那年她才 26 岁，7 年后她生下第 3 个孩子——也就是文秀，之后病情加重，连奶水都没有，背更加弯了，驼得厉害，走路都困难。可是她一边服药，一边照样出去干活、操持家务，与丈夫共同撑起这个家，同时也给两边的双亲养老送终，养育 3 个孩子长大成人。

望着这位直不起腰杆的、显得矮小的壮家妇女，在她身上，你能看到中国女人特有的那种坚韧和顽强。

这，就是文秀的母亲——黄彩勤。

文秀母亲的脸上，多数时候都充满笑容，看不到太多的愁苦表情。当我们把目光转到墙上中宣部印发的黄文秀的巨幅画像时，同样看到了这样的笑容，一副温暖人心的微笑，大家都夸文秀是“爱笑的姑娘”。

文秀的嫂子韦秋色非常思念自己的小姑子，她们年龄相差 1 岁，彼此亲密无间。在嫂子眼里，文秀坚强独立，对家中事极有担当。文秀家里建房子时借了亲戚朋友的钱以及向银行贷款共 10 多万元，家里一下子成了贫困户。文秀读书时曾经获得 1 万多元的奖学金，她都留在了家中；文秀毕业后，她获得了百色市给的 5 万元人才引进安置费，她拿出其中 3 万元帮家里还了盖房子时欠下的债。文秀的哥哥之前外出打工，孩子由于父亲的疏远而成绩下降。作为姑姑的文秀知道后，平时周末回到老家，一定会抽出时间辅导小侄子写作业，小侄子的学习因此有了进步，这还要感谢这个小姑姑的用心培养。

常言道，父母是孩子的第一任老师。的确如此，受父母的影响，文秀坚强乐观，充满奉献和担当精神，生怕因自己的事情麻烦他人、麻烦组织。她从来不提自己家里的困难，参加工作之前，文秀曾是贫困户这件事，同事中没有一个人知道。直到他们来到文秀家里通知家属文秀遇难的消息时，才在她家门口看到原来的贫困户的牌子。文秀父亲做了两次手术，第一次手术花费 11 万元，第二次手术花了 7 万元，文秀也从不吭声，没有向组织开口提过要求。文秀父亲第二次住院时，同事知道后说应该汇报部里，安排照顾、慰问，但文秀坚决不同意。

在文秀不幸遇难之后，有很多不同的单位、不同的人，都给文秀家送来了慰问金、慰问品，但都被文秀父亲拒绝了，他能理解女儿，女儿的操劳与付出，是为了让更多群众摆脱贫困，走上致富奔小康之路，这是她的职责，是她最光荣的使命。

“自己的事情自己做，不能麻烦大家！”这就是父亲教给女儿的朴实话语，也是朴素的做人道理。

也因为有这样的父亲，才有这样良好的家风，文秀才会一步一步地勇敢地向前冲，勇攀人生理想的高峰，也才会有她 20 岁要求入党时发出的铿锵誓言：“人，不能光为自己而活，而要用自己的力量为他人、为国家、为民族、为社会做出贡献。”

这些品质可以从她的家教，尤其可以从她父亲的思想认识和言行举止中找到源头的。父亲也早就给文秀埋下一颗知恩图报的种子，在这方面文秀也认真地传承着优良的家风。文秀在毕业之后义无反顾回到百色老区，因为她要报恩：一是报父母养育之恩，二是报社会爱心人士资助自己完成学业之恩，三是报党的扶贫政策之恩。

采访结束，我握着文秀父亲的手，感到亲切和温暖，正是这双粗糙的大手和这副坚强的身躯，正是这样一位平凡的父亲，养育并托举出这样一个英雄女儿。

的确，家风是一种潜在的无形的力量，在日常的生活中潜移默化地影响着孩子的心灵。可以说，有什么样的家风，就有什么样的孩子。难怪有人说，良好的家风才是一个家庭最宝贵的财产。中华民族历来重视家风建设，优良家风的传承成为中华文明的重要组成部分。习近平总书记强调，要大力加强对党忠诚教育，学习宣传先进典型，引导党员干部见贤思齐，把对党忠诚纳入家庭、家教、家风建设。

我不禁由此生发出感慨，良好的家风既是砥砺品行的“磨刀石”，又是抵御各种负能量侵蚀的“防火墙”。重视家庭建设，注重家教家风，做培育良好家风的表率，这是党员干部的必修课，也是深入推进党风廉政建设和反腐败斗争的题中之义。

用良好家风涵养初心和使命，恰是这个时代的要义啊！

第十二章 为了文秀未了的心愿

文秀送给恩人的扇子上写着东汉文学家应玚《别诗》中的诗句：“朝云浮四海，日暮归故山。行役怀旧土，悲思不能言。悠悠涉千里，未知何时旋。”

1

无锡亲人的哀思

2019 年 6 月 17 日下午，江苏无锡市。

这一天，“风”心神不宁，无法专心工作，后来他干脆关起门来，盯着手机看，希望能从手机里看到最新的信息。

“风”是无锡市惠山区的一家企业负责人，“风”是他的微信名，由于他不愿透露真实姓名，因此我们在这里就称他为“风”。已年过 50 的他，与往日的沉着不同，此时的他显得紧张、焦躁。他的儿子小吴此时也紧紧地盯着手机，两人都在等待着一个非常重要的信息。

他们不是等待生意场上的信息，也不是金融方面的信息，而是 2000 多公里外的广西百色山洪暴发后与一个人相关的消息。

此人失联了，“风”和儿子不断地去电，对方的手机总是无应答，后来就是关机。2019 年 6 月 18 日黄昏时分，他们得到的却是最不愿听到的消息——经过一天的搜救，最后通过指纹比对，洪灾遇难者名单里确定有她！

这个人，就是黄文秀！

“风”和他的儿子禁不住伤心落泪，晚餐也吃不下了，他在微信朋友圈转发了送别文秀的相关内容，并配文：“愿天堂再没有贫困，小姑娘，一路走好！”朋友们私下询问他详情，他统一回复：“她是我的半个女儿。”

“风”为什么说“她是我的半个女儿”呢？无锡和百色之间又有怎样的关联呢？下面让我们慢慢道来。

2

我就想资助这样的学生

2019年8月25日这个周日的上午，广西广播电视台都市频道要录制一期关于黄文秀的访谈节目，邀请我到现场参加节目录制。

于是，我得以顺利采访了与文秀有关的4位讲述人，他们分别是文秀的姐姐黄爱娟、乐业县百坭村村支书周昌战，还有专程到广西来接受采访的文秀的大学闺蜜秦栋艳、资助人“风”的儿子吴先生。

吴先生是一位年轻的90后老板，他身上透着江浙商人的聪慧与儒雅，他的年龄比文秀小，他一直称呼文秀为“文秀姐”。

文秀在百色不幸遇难，引来无锡亲人的伤心泪别，揭开了无锡亲人与她的一段长达10年的暖心故事……

故事还得从文秀在山西长治学院就读本科时说起。

我问：“吴先生，您家里资助过文秀，也与文秀一直保持联系。您当时是通过什么渠道知道文秀遇难的消息的？”

吴先生说：“那是2019年6月17号下午，我听到了这个消息，当时是文秀姐北师大的校友先告诉了我的家人，然后我爸跟我说的，我们都惊呆了，当时也还有一点不相信，有这么巧吗？后来陆陆续续有新闻媒体的报道出来了，这时我们才相信了。看到电视和微信画面里的文秀姐，我爸老泪纵横，我们一家人都没心情吃晚饭了。”

我问：“你们是怎么和文秀结缘的呢？”

吴先生说：“那是10年前的事了，在2010年初的时候，我爸在山西长治负责一个太阳能项目，一个偶然的机会，成了贫困大学生黄文秀的结对捐助人，这是一对一的，不见面的那种帮扶关系。从文秀姐读大二开始，我爸对文秀姐的捐助一直持续到了她硕士研究生毕业。我爸本来原计划只捐助她到本科阶段就结束了，可是文秀姐学习非常刻苦，又报考了研究生。了解到文秀姐有继续努力深造以更好地报效社会的想法后，我爸非常感动，决定继续支持文秀姐。

“听我爸讲，他们1个月电话交流1次，有时候一两天发1次短信，我爸始终鼓励和支持她树立正确的人生观和价值观。这么多年来，我爸一直都是把她当作自己的女儿来看待的。

“我爸妈也经常跟我提起她，说她学习很优秀，人品也很好，为她感到很自豪，要我向她学习。文秀姐是成才后立志回报社会、回到家乡建设家乡的热血青年。”

我问：“你们家资助了文秀6年，其间你们都没见过面，后来见面了吗？”

吴先生说：“后来见到了，我清楚地记得2016年7月3日那天，是我们唯一的一次见面。文秀姐从北师大研究生毕业后，立志回到家乡投身扶贫工作，那一天她打算途中在南京下车来拜访我们家，就给我爸发了信息。我爸让我开车到南京接了文秀姐到无锡，我就是这样见到她的。

“那天我们家安排她在饭店吃了饭，然后又开车送她到南京。在这次短暂的见面中，文秀姐送给我爸一把折扇，扇面上是她用毛笔抄录的名为《别诗》的诗句。文秀姐不幸去世后，我爸又翻出这把折扇。《别诗》为东汉文学家应玚写给家人的诗作，其中‘未知何时旋’的诗句，或许表达了她返乡扶贫不获全胜决不收兵的志向和决心。当天接待文秀姐时，我爸还专门请来了俞斌老师和他们开展捐资助学的志愿者，我爸不想张扬，以后的对接捐助活动，想请俞斌老师他们延续来做，因为我爸也是俞斌爱心工作室的成员之一。”

我问：“您还记得当天和文秀见面吃饭的一些往事吗？”

吴先生说：“记得的，文秀姐给我们留下了难忘的记忆！席间，文秀姐的感恩之心溢于言表，为了感谢多年来我爸对她在物质上的资助和精神上的鼓

文秀赠送给恩人的一把折扇，正反两面有她精心题写的墨迹
（徐秋兴供图）

励，以及生活上的指点，文秀姐当着全桌人的面，拿出了那把自己倾心题写的折扇送给我爸。折扇正面写着——

庄子曰，善人者，人亦善。

“上面刻意把一个‘善’字写得很大，占据了很大一部分扇面。折扇的另一面是她用毛笔抄录的古诗《别诗》。

朝云浮四海，日暮归故山。
行役怀旧土，悲思不能言。
悠悠涉千里，未知何时旋。

“文秀姐是文科高材生，她精选的诗与词都是她反复斟酌、仔细推敲的，一字一句都能反映出当时她的一种心境与情怀。我很敬佩她，但却有点纳闷，她当初为什么要用这首《别诗》来赠送给她的恩人呢？她解释说，这首诗的作者应玚是东汉汝南南顿（今河南项城市南顿镇）人，是东汉的文学家。应玚写这首诗的时候是建安二十二年（公元 217 年），当时瘟疫流行，很多人相继染病过世。此时，应玚和刘桢、陈琳等文人也接二连三地病倒了。应玚预感到自己将不久于人世，回首往事，感慨万千，思绪飘忽之中怀乡之情油然而生，望着窗外的白云，东流的漳水，他勉强支撑着病躯，伏案写下了《别诗》二首，这是他临终前的绝笔。

“这首诗，是诗人对人生的感叹。感叹自己飘零的身世，流露出诗人对美好人生的无限眷恋和对家乡故土的真切思念。同时，诗中萦绕着一种感叹人生如长河流水飘逝不返的忧伤，表达了诗人长久游历在外，临终欲归不能，无法‘落叶归根’，无法‘归骨故乡’的惆怅心情。

“后来得知，为了准备这把扇子，文秀姐一遍一遍地练了好久的毛笔字。当时，文秀姐一再表达了她要回广西建设家乡的决心，大家对这个广西姑娘的坚定信念钦佩不已。

“时至今日，我老爸才悟出他的这‘半个女儿’在扇子上题写这首古诗的含义，她要表达的是立志建设家乡，不获全胜决不收兵的坚定恒心和决心。

“那天吃了饭后，我开车送文秀姐去车站，她就返回广西了。这就是第一次见面的情况，也是我们唯一的一次短暂相聚。不想这一别竟成永别，怎能不伤心？！我爸经常看着手中的折扇，望着扇面上那清新秀丽、刚柔相济的字迹，不止一次地哽咽和叹息。文秀姐的离去，成为我们家人心头永远的痛。

“现在回味文秀姐赠扇题诗的心思，联想到她在广西百色百坭村奋斗一年多的时间里努力帮助全村脱贫的事迹，我们才感悟到她在折扇上留诗的深刻内涵和蕴意。”

3

文秀与无锡的三个“缘”

2019 年 7 月 17 日，距离文秀不幸遇难刚满 1 个月。

我第 2 次赴百色采访并收集文秀的事迹，文秀的姐姐和哥哥告诉我，曾经资助过文秀的无锡的“风”，委托俞斌老师专程来到百色看望文秀的父母和家人，我觉得这是一次难得的采访机会，于是跟着文秀的哥哥姐姐一并前往见面。

因为大家素未谋面，也不知文秀生前和他们计划的未了心愿是什么，所以文秀的姐姐黄爱娟和哥哥黄茂益都有点忐忑不安。

盛夏的百色很闷热，炙热的太阳烘烤着大地，扑面而来的热风带来阵阵热浪，熏得人们昏昏欲睡。我们冒着酷暑，如约来到俞斌老师入住的酒店，这是一家靠近百色站的普通酒店。

刚进酒店大厅，只见两位男子从大厅沙发上站起来，主动迎过来和文秀的姐姐打招呼——他们自报家门说是无锡来的客人。两人外表憨厚、慈眉善目，年纪稍大的是俞老师，另一位是陪同其前来的50多岁的徐先生。

我们来到酒店会议室，慢慢谈起来。

文秀不幸遇难刚1个月，大家都没法绕开这个话题，互相陌生的几个人，一开始心情都很沉重。

俞老师和我们回忆起在无锡与文秀见面时的点滴，还打开手机给我们看当时的照片。随着交谈的深入，大家的心慢慢靠近了，交流时也多了一份轻松和舒适。

随着俞老师和徐先生的讲述，我们感受到了另一段人间真情。徐先生把和文秀的这一段交往，概括为3个难得的“缘”。

第一个缘：文秀与无锡的10年之“缘”。

10年前，老家在无锡市的“风”在山西长治承建一个太阳能项目，偶然的一个机会使文秀成了“风”帮扶助学的对象。

从此，文秀与无锡结下了第一个“缘”。从本科大二到研究生毕业的6年时间里，他们通过短信、微信保持着频繁的联系。

6年里，他们素未谋面，但彼此都十分熟悉。谈学习、生活、理想、事业，他们亦师亦友，情同父女，无所不说，无话不谈，建立了深厚的友谊和感情。

研究生毕业后，文秀买好了回老家百色的火车票，抱着知恩图报的想法，提出顺道在无锡与恩人见上一面的请求。

低调务实的“风”不想张扬宣传自己，因此考虑了一个两全其美的方案：委托俞斌老师负责安排此次见面。

第二个缘：文秀与俞斌老师之“缘”。

俞斌何许人也？

俞斌老师30年如一日，省吃俭用，用自己微薄的工资资助全国各地几百名贫困学生完成学业，其精神可歌可泣，感动了很多人。根据他的事迹编成的剧目《好人俞亦斌》在江苏巡回演出，也代表江苏进京汇演，好评如潮。

70多岁的俞斌老师，出生在无锡北郊一个贫寒的农村家庭里，由于家中兄弟姐妹多，他自小就饱尝了无钱上学的滋味。当时村里的一名好心人，每到新学年开始时，总会悄悄地往他家门口塞进一个装有学费的信封，这才圆了他的读书梦。艰难的成长经历和独特的人生体验，使得他对贫困家庭的孩子格外关爱。

俞斌老师的收入并不高，自己也有3个子女，为了接济贫困学生，他总是节衣缩食，同事嗔怪他太“抠门”，他笑笑说：“每天省下3块钱，几个月下来，就可以资助一名贫困生了。”走路时看见路边有饮料瓶、废报纸、旧纸箱，他都会如获至宝地收集起来，拿到废品收购站去换钱。有人嘲笑他像一个收破烂的，他也只是一笑置之。他身上穿的都是儿子穿过的过时衣衫。平时买菜，他总是选择特定时间到超市买特价菜。他对子女的要求是：吃只要饱着肚子，穿只要暖着身子。10多年来，他先后资助给贫困学生的资金已超过10万元。在他的感召下，越来越多的无锡市民纷纷抢接“爱心接力棒”。

在俞斌老师的努力下，无锡多所学校与大别山区、太行山区贫困学校的学生“结缘”。20多年来，为了这份责任，俞斌老师的爱心助学“长跑”越走越远——二进新疆、三达西藏、八赴云贵、九下陕川，数十次赴鄂豫赣桂湘、数百次上大别山等地，而他不事张扬的个性，使得开始几年几乎没人知道他所做的这一切。

后来，俞斌老师的事迹深深地影响和感动了一大批有爱心、有善意的企业家。大家纷纷结对子、捐善款、献爱心。

为了帮扶到更多品学兼优的学子完成学业，惠山区委、堰桥街道成立了俞斌工作室，建立了一支由各界爱心人士组成的志愿者队伍，协助俞斌老师更好地开展各项公益活动。他们通过“手拉手”、夏令营等活动，带动了一大批社会爱心人士和单位走上了扶贫助学之路，结对资助的贫困学子达1000余名。

2016年7月3日那天，“风”让儿子去火车站接了文秀，他们在无锡举行了一场别开生面的欢迎宴会，当时俞斌老师及几位工作室的志愿者也一起赴宴。自那次见面之后，文秀与俞斌老师及俞斌工作室有了密切的联系。

无锡市惠山区堰桥街道，在20世纪80年代曾以“一包三改”闻名全国而被誉为改革之乡，更是一个有着优良传统的爱心之乡，这又引出了文秀与无锡市惠山区的第三个“缘”。

第三个缘：文秀与惠山亲人之“缘”。

文秀回到家乡百色后，担任百色市宣传部干部。随后去田阳县那满镇挂职党委副书记。

一脸阳光、平易近人的文秀，从小在山里尝尽了贫困的滋味，这也使她更能体会和感受到山里贫困学子的各种无奈。

挂职期间，文秀走村访户，给俞斌老师推荐了3名品学兼优的学子作为助学对象，并用微信把相关资料推送给了俞斌老师。

俞斌老师回忆道：“文秀在田阳挂职的时候，把优秀贫困生的相关资料发给了我，但是没有这3个孩子的照片，也没有村里的盖章证明，所以资助的事情一直没办成，后来因为文秀马上要去百坭村担任第一书记，此事被耽搁了下来。”

为了弥补文秀留下的遗憾，“风”和俞斌老师商量着等南方洪水期过后，尽快赶往百色找到文秀牵挂的3位优秀贫困生，补齐相关手续，帮助他们完成学业。

这3名学生能否与无锡惠山再次结“缘”？带着疑问，带着惠山亲人的嘱托，带着“风”的期盼，俞斌老师和徐先生这次来到百色，踏上了续“缘”寻访之路。

听到俞斌老师提出要寻访3名文秀曾经牵挂的孩子并继续帮助他们完成学业的想法时，文秀的姐姐黄爱娟一口答应，表示一定会全力以赴帮助他们完成续“缘”之行。有了文秀姐姐的支持，他们也有了续“缘”的底气和信心。

到了百色，他们和文秀的姐姐哥哥相见，大家似乎有说不完的话。接着大家围绕如何实现文秀的遗愿开始行动并分头查找，表示一定要找到那3名

“失联”的贫困学生。

最后，文秀姐姐经过多方联系，终于找到了这3个贫困学生。第3天，文秀姐姐给俞斌老师他们发去微信消息：“3个孩子找到了！”

当年文秀推荐的3个壮族贫困孩子，2个在读小学，1个已读到初中。俞斌老师和徐先生说，回到无锡之后他们会发动更多的无锡爱心人士加入到完成文秀遗愿的工作中来，他们会尽全力去完成文秀的遗愿，并发挥俞斌工作室的作用，助力贫困山区青少年的成长。

俞斌老师和徐先生回到无锡之后，跟“风”说了这次的广西之行，又激起了“风”对文秀的思念之情，他于是决定南下广西。

“叔叔，你什么时候来广西？我等你！”其实，“风”一直记得文秀的这个邀请，也答应过文秀一定会去百色看她。2019年8月下旬，一直计划着去送文秀一程的“风”终于兑现了他与文秀的这个约定，只可惜此时文秀已不在人世。

帮助文秀完成遗愿，为百坭村脱贫尽一点绵薄之力，这是“风”此行的一个重要目的。在前往乐业县越来越颠簸泥泞的道路上，无锡来的亲人切身体会到文秀在扶贫路上的艰辛与不易。到了文秀遇难的地点，他们在路边摆上3束鲜花，行3鞠躬礼，表达对这位勇敢坚强的姑娘的哀思和敬意。

“文秀姐未竟的事业，我们会接着做的！”3年前的那次见面，让“风”的儿子与这位纯朴的姐姐结下了深厚情谊。文秀之前牵挂的3名贫困学生以及更多需要帮扶的孩子，得到了无锡亲人的结对帮扶，相信他们会越来越好。同时老区脱贫攻坚任务也在无锡亲人这里得到接续助力。2020年春节期间，无锡的亲人帮助百坭村推销了10多万斤滞销的砂糖橘，为文秀生前所在的这个村的脱贫攻坚事业增添了一份力量。

第十三章 大家眼里的文秀

热心人要给文秀介绍对象，她的回答是："等百坭村的父老乡亲都脱贫了，我一定轰轰烈烈爱一回，让乡亲们做证婚人。"

1

姐姐眼里的文秀

2019 年 8 月 31 日中午，我来到田阳区田州镇郊区文秀的老家，文秀的姐姐黄爱娟热情地接待了我。

我和黄爱娟的认识，是从文秀遇难后开始的。那一段时间，妹妹的突然离去，让她和家人一直处在悲痛之中，我很体谅她，所以也不轻易说到文秀。

这次受邀，我是第 3 次去到她们的田阳老家，我一边喝着她父母早上熬好的玉米粥，一边听她和她父亲讲述他们的家事，下面是我的采访记录。

我是文秀的姐姐黄爱娟，今年 37 岁（出生于 1982 年），比文秀大 7 岁，在田阳读完小学、初中、高中，后来考上柳州职业技术学院，学装潢设计专业，毕业后和先生在柳州创业，育有两个男孩。

父亲带我们全家从巴别大山里搬迁出来，除了要改善生活，更主要的还是考虑到要改变我们三兄妹的学习环境，让我们能在好的环境里读书，所以我们都很感激我们的父母。

我们家附近的绢纺厂子弟学校，是当时县里最好的小学，由于我们是外来户，要多交 1000 元的借读费才能入校，但为了我们三兄妹能读书，为了让自己的孩子受到良好的教育，父亲不吝啬这笔钱，毫不犹豫地去交了，事后我们才发现，父亲不是有钱了，而是更辛苦了，再加上妈妈经常生病，她患有先天性心脏病，双脚几乎瘫痪，行走不便要坐轮椅，靠常年吃药来控制病情，因此全家的重担基本就压在父亲一个人的

黄文秀（右）和姐姐黄爱娟（左）在一起（黄爱娟供图）

身上，他一个人不论什么苦的、脏的、累的活都抢着去干。

我们也很体谅父母，我和妹妹从小便帮家里挑水、做饭，妹妹放学后也抢着干家务活。有一次挑水走在回家的山坡上，妹妹滑倒滚落下坡，弄得一身的泥水，这让大家都感到心痛。

后来父亲去开荒种植芒果。每到周末，我和妹妹就去帮父母的忙，到开荒的地里去干活。妹妹还学会了使用矮马来驮运化肥等货物，我们两姐妹一起干农活，虽然很累，但也是很开心的。

最难忘的是我们家能吃上大米饭了！

现在想起来，记忆里奶奶煮出来的米饭真香啊！因为我们以前在巴别大山里，山里没有水田，只能种玉米，总是喝玉米粥，很少吃到大米饭，吃上米饭是要等到过年才能实现的。现在搬出来了，这里都是种水稻的，但我们家没有水田，只有开荒的地，所以要吃大米还得花钱去购买。

稻子成熟时节，我们也放假了。我和文秀发现附近的水田收割后，总会有一些遗留的稻穗，黄昏时我便与文秀跟着妈妈和奶奶一起去别人家的稻田捡拾漏下的稻谷，拿回来后晒干、脱粒、去壳，弄成白花花的米粒，然后煮成米饭。哇！香喷喷的，全家人吃起来很开心！

读书的时候，外面的孩子经常会嘲笑妹妹，因为他们看到我们居住在靠近坟场的坡上，而且文秀走路飞快，办事迅速，外面的孩子就嘲笑她身上带有“鬼气”。这点我很心疼妹妹，但是她没有生气，也只是开朗地笑笑，做自己的事情。由于妹妹读书很努力，考试经常拿第一名，得了很多奖，这也给了父母许多安慰。

爸爸总是跟我们讲，人要以善和孝为主，做人要正直，要向善。作为一个人，要为社会多做贡献，才有自己的人生价值和意义。要多读书，读书才能长本领。

从小到大，我们三兄妹的感情都很好。妹妹小的时候非常乖巧可爱，长着一双乌溜溜、水灵灵的大眼睛，聪明伶俐，文静秀气，就像她的名字“文秀”。父母希望她长大以后成为一个有文化、有修养的人。妹妹从小就勤奋学习，刻苦努力，她读小学、念初中、上高中时领回的奖状贴满了家里的墙壁。看到妹妹取得这样的成绩，我们一家人都为她感到高兴。

现在，妹妹离开我们两个多月了，每每想起她灿烂的笑容、爽朗的声音，我心里还是忍不住地疼。

都说穷人的孩子早当家，妹妹从小就很勤奋、很刻苦，很少让父母操心。无论是上高中，还是上大学，除了学费，妹妹很少问家里要零花钱，因为她深知家里经济困难。

2008 年，妹妹考上长治学院读本科。爸爸本想亲自送她去学校，但一想到路费是一笔不小的开销，就没有去送她。从未出过远门的妹妹，一个人背着背包，拖着行李箱，几经周折去山西求学。爸爸常说，没能亲自送妹妹去大学报到是他的一大遗憾。

从小到大，爸爸就一直教育我们，要懂得感恩、孝敬父母，做一个有骨气、有志气、有正气、讲义气的人。真诚待人、踏实做事、与人为善、助人为乐，这些是爸爸传给我们的精神财富，妹妹受此滋养形成了乐观开朗、积极向上、自强自立的性格。

在妹妹读研究生期间，妈妈突然病倒了。妹妹在电话里哭着跟爸爸说："要尽量给妈妈治病，借钱也要治。钱你们别管，我准备毕业参加工作了，我来还。"

参加工作这三年，无论再苦再累，妹妹都没有忘记关心家人。特别是在教育孩子的问题上，她非常用心。她经常买课外书给侄子和外甥，还手把手教他们练毛笔字和画画，悉心辅导他们的学习，关心他们的成长。

妹妹那阳光灿烂的笑容，深深地感染和打动着每一个和她相处的人。妹妹也是一个很有想法、很有主见的人，认定的事情就一定会尽心尽力地做好。

2019 年 4 月 18 日是妹妹 30 岁的生日，但我们却没能给妹妹筹办一个像样的生日会，因为就在这一天爸爸生病住院了，需要动手术。

妹妹的 30 岁生日，是在医院陪护爸爸的过程中度过的。

真是苦了我的妹妹啊！当时我和哥哥都在外地工作，妹妹只好在市里的医院和百坭村两头跑。她既挂念爸爸的病情，又放不下村里的工作。那一段时间，她经常陪伴爸爸，带爸爸去理发，陪爸爸散步谈心，安慰和鼓励爸爸，悉心照料爸爸，甚至她在村里工作时，还不忘通过手机在网上给爸爸订餐。

妹妹深深地爱着我们这个家，总是希望这个家变得越来越好。她也深深地热爱着她的工作，再苦再累，她也很少跟家人说，都是自己一个人扛着。2019 年 6 月 14 日，妹妹因牵挂爸爸的病情，专门开车回田阳给爸爸送药，6 月 16 日的这个父亲节的下午，她的心里惦记着村里的工作，还没好好吃完妈妈煮的热饭菜，在嘱咐我们照顾好爸爸、叮嘱爸爸要按时吃药后，就匆匆忙忙地开车往百坭村赶。

没想到，这一走，竟是妹妹和家人永远的离别！

妹妹走了以后，党和政府以及社会各界给了妹妹很高的荣誉和评价，相识的或不相识的人都纷纷为她痛惜，也给了我们家无微不至的关怀和照顾，让我们在失去亲人的悲痛中，得到莫大的安慰。在这里，我代表全家人向各位领导、各位朋友和曾经帮助过妹妹的各界人士，表示衷心的感谢！

我知道，妹妹对一切美好的事物都充满着好奇、充满着热情，她总是希望这个世界变得更加美好，她是带着这个美好的心愿离开这个世界的。我会和我的家人把对妹妹的思念永远埋藏在心里，勇敢地走向未来。

黄爱娟最后说："妹妹生前一直有一个心愿，她说她要在我们家办一个幼儿园，培养孩子们的传统文化修养与艺术兴趣。我很想帮妹妹完成这个心愿，也想教育好我们的下一代，努力完成妹妹的遗愿。"

2 宣传部来的年轻人

2019 年，盛夏酷暑，百色。

在百色采访期间，我来到文秀生前工作的单位——百色市委宣传部，部里的领导和同事都对她赞不绝口，并且用了"三个最"来评价文秀：最纯洁的初心——建设家乡，最神圣的使命——脱贫攻坚，最闪光的品质——勇于担当。

2019年7月9日，我在乐业县采访期间，看到百色市委宣传部全体党员干部到乐业县新化镇百坭村实地开展“学习黄文秀同志先进典型事迹”活动，文秀的同事们重走文秀曾经走过的扶贫路。百坭村共有11个屯，分散在不同的山头，有的屯相隔20多公里。当车子摇摇晃晃地行驶在深山弯曲、狭窄的道路上时，每当想到文秀这样一个姑娘长期在这样的环境走村入户，大家感同身受，一度落泪。

在砂糖橘产业园，百色市委宣传部的同事深有感触地说，文秀从毕业后选择回百色建设家乡，再到主动申请去最艰苦的地方工作，做出的每一个选择都是因为她的为民情怀和对党的忠诚、对信仰的坚定。她扎根基层，融入群众，想群众之所想，急群众之所急，想尽办法为群众解决实际问题，在平凡的岗位上做出不平凡的贡献，用行动谱写了新时代的青春之歌。部里领导勉励身边的党员干部要学习文秀心怀群众、全心全意为人民服务的精神。

百色市委宣传部有一位科长，是文秀的好大姐。接受我的采访时，当她回忆起关于文秀的点滴往事，依然觉得这些过往历历在目，说文秀是“阳光女孩，文静秀丽”。这位科长说道：“文秀是我的好同事、好朋友、好姐妹。就像大家看到的照片一样，文秀是一个阳光女孩。她很爱笑，她的笑容很温暖，一直感染着身边的同事、群众，大家都很喜欢文秀。

“初见文秀是在2016年7月，她刚到百色市委宣传部工作，负责部办公室的相关事务。那天我走进

黄文秀参加“2017 徒步中国·全国徒步大会”百色站的活动（覃蔚峰／摄）

办公室，只见一个青春靓丽的女孩，戴着眼镜，笑盈盈地看着我。她穿着一条简约的连衣裙，一头乌黑的长发整齐地披在肩上，一开口就是标准的普通话，让人感到又好听又热情，把我给迷住了。我好奇地问她是哪里人，为什么来到百色工作，她告诉我她是田阳姑娘，回百色工作就是回家啊！看着眼前这个文静秀丽又真诚的女孩，我第一反应就是不相信。结果她费劲地罗列一些人和事，终于让我相信她真的是我们本地人。从那天起我就打心眼里喜欢文秀。

“2016 年 7 月中旬，自治区文明办开展第十六批自治区文明村镇、文明单位评选推荐活动，要从各市文明办抽调一名同志组成自治区抽查组，对推荐对象进行抽查。当时我在文明办工作，正好有活动脱不开身，部领导就安排文秀代我去参加这项工作。文秀接到任务后，第一时间跑来找我，虚心地问我有关要求，向我请教业务上的各种问题。这是我跟文秀在工作上的第一次交集，她的谦虚好学和对工作的满腔热情，让我印象深刻。她在自治区认真工作的那个星期，也让身边的同事记忆深刻。

“文秀是一个乐观向上的女孩，跟她交往你会发现她的言谈举止都充满正能量，包括她在微信朋友圈里发的消息也都是满满的正能量。”

记得文秀曾写下驻村日记：“今天和后援单位的帮扶干部一起，到长沙屯走访贫困户。路还没有硬化，下过雨，路面泥泞有坑洼，我十分担心车子打滑。万幸，平安归来，我的车技又提升了。”但是，文秀为什么这次不能平安归来呢？

文秀，一个本应享受岁月静好的柔弱女子，义无反顾地选择了一条注定不轻松的路，她以灿烂的微笑面对生活，以赤诚火热的心对待工作，默默地为贫困群众贡献着自己的力量。在文秀身上，我们看到了初心与善良、实干与拼搏、使命与担当。

阳光、开朗、积极、爱笑，身上总是洋溢着一种热情，充满感染力，是文秀留给亲人、朋友和同事的印象。谁会想到，文秀的身后是尚处在脱贫巩固期的家庭，母亲常年身患疾病，父亲年老体弱。父亲连续做了两次大手术，但她没有向组织提过任何要求。记得 2019 年 4 月 30 日那天，得知她父亲动手术后，这位科长通过微信给她转了 500 元，并留言“帮父亲买点营养品”。文秀把钱退回去了，还说：“非常感谢您对我的关照，您的问候我会转达给老爸的。但是这个钱真的不要了，谢谢您的关心！”当这位大姐把准备组织大家募捐的消息告诉文秀时，文秀明确地告诉这位大姐，不要麻烦同事们了，并婉言谢绝了捐款。

文秀去世后，部里的同事第一次去她家，看到她家里用废旧轮胎搭上木板做成的“沙发”，尤其是看到她那只有一铺床、一张蚊帐的“闺房”时，想到面对工作时总是微笑应对、充满活力的她，大家都红了眼眶。文秀心中有爱，也很爱美。在北京读书时，她总把自己打扮得漂漂亮亮的，但当了驻村第一书记投身扶贫事业后，她就将自己的爱美之心悄悄地“藏”了起来，把自己的儿女情长深深地“藏”了起来。这个爱笑的姑娘甚至没有时间考虑自己的婚姻大事。领导、同事多次关心她，热心人要给她介绍对象，她的回答是：“等百坭村的父老乡亲都脱贫了，我一定轰轰烈烈爱一回，让乡亲们做证婚人。”

“天下之本在国，国之本在家，家之本在身。”家是最小国，国是千万家。文秀把“小我”融入“大我”，努力追求“无我”，用无私奉献的实际行动彰显了共产党人的博大情怀。

奋斗是青春最亮丽的底色，奉献是青春最美丽的姿态。还有什么比奉献青春更慷慨的呢？！文秀把美好的青春献给了人民群众，把宝贵的生命献给了扶贫事业，用自己的言行给胸怀大爱的青春提供了最好的人生注解。

3 在乡镇的那些日子

文秀 2017 年 9 月至 2018 年 3 月挂任中共田阳县那满镇党委副书记，同时任百敢村的挂村领导，那满镇是她在基层工作的第一站。

在那满挂职工作的时候，文秀还真不把自己当“外人”，跟其他的班子成员一样，扛起了意识形态、宣传、计生等工作重担，她对自己分管这么多的工作毫无怨言，欣然接受，并竭尽全力完成各项工作任务。大家也曾抱着她是来基层镀镀金、挂挂名的想法，但是看到文秀下来报到第一天时的表现，大家立马就对她刮目相看。当时文秀一来报到，就马上跟着大家下到村里，一起开展监督村民委员会委员换届选举投票、清点选票等工作，她认真负责的态度获得了大家的一致好评。

虽然挂职只有短短半年的时间，但是她从不摆架子，总以微笑待人，遇到什么问题都虚心向老同志请教，对年轻同志都会尽量把自己的工作经验倾囊相授，对群众的诉求都会及时想办法解决。

她脚踏实地、无怨无悔的工作精神和人格魅力，给领导、同事、群众留下了深刻的印象。我于2019年7月至11月分别3次深入那满镇采访，下面让我们来听听镇里和文秀一起工作过的同事是怎么说的。

有一位同事依旧记得，2017年9月12日那天阳光明媚，他到县委组织部接文秀。初次见面，文秀给他的印象是：斯斯文文的一个女孩子，戴着一副眼镜，笑起来很阳光。通过交流，他发现文秀是一个活泼开朗、有思想的女生，她总能以一种阳光、乐观的心态面对工作生活。

到那满镇报到的当天，本来是安排她先在镇政府熟悉一下工作环境，整理好自己的宿舍。可是当她知道当天正是那满镇村民委员会委员换届选举工作日后，就主动跟这位同事要求参与到村委的换届工作中去。当天他们立即来到内江村、大成村，参与换届选举工作，直到中午两点多才回到镇政府。这次主动请缨，让这位同事对这个刚毕业不久的选调生有了不一样的看法。文秀不仅为人热情开朗，而且对待工作特别是基层的工作也抱有热情积极的态度。在那满镇挂职的半年时间里，文秀一直以饱满的工作热情对待自己负责的各项工作任务。

文秀沉下心来，倾听群众心声，为群众排忧解难。

乐观开朗的她很快就适应了基层的工作，在保证中心工作不落下的情况下，她经常到自己所挂职的百敢村走村入户，与村干部们商量，与村小组长沟通，与群众拉家常，收集到很多群众急需解决的问题。有一天，她匆匆来到领导的办公室，跟领导反映了凹令屯通屯道路的硬化问题——每次下大雨时凹令屯的道路都泥泞不堪，无法通行，给群众的生产生活造成诸多不便，因为百敢村只有这个屯的通屯道路还没有硬化，群众对该问题的反映非常强烈。当天，这位领导跟她一起到凹令屯实地调研了解情况，村民小组长详细地说明了情况，文秀也详细地将情况记录了下来。在了解到情况之后，文秀一再向领导询问项目是否可以申报立项、立项需要提交哪些材料、申请是以村委名义上报还是镇政府名义上报、向县直什么部门申报等细节问题，并积极地组织村干部填报申请材料。在她的不懈努力下，凹令屯的通屯道路硬化项目 2018 年初被立项，道路于 2018 年 9 月开始动工，2019 年 1 月完工。

文秀思维活跃，善于拓宽工作思路，为工作创造了新方向。每到年底，那满镇党委和镇政府进入总结当年工作、计划下一年工作的关键时期。镇党委和镇政府按照常规的工作，组织开展了一系列会议活动，如村书记述职报告会、考核工作、总结大会等，所有干部职工都按部就班地开展工作。而文秀每次都能够开拓思路，提议趁着大学生都放假回家过年这个特殊时间点，举办一次那满籍在校大学生座谈会，让在外求学的大学生们了解家乡的变化，积极参与到家乡的建设中来。在得到肯定后，她积极筹备、安排，在 2018 年 2 月 13 日成功举办了那满籍在校大学生座谈会，当天的参会大学生达 40 人。在轻松愉悦的氛围中，参会的大学生依次介绍了自己就读的学校、所学的专业、未来的就业意向等情况，有些同学结合身边的变化，谈了自己对家乡的感受，有些同学则咨询了就业选择上的问题。通过这次座谈会，参会人员建立了一个微信群，方便大家相互交流，既让在校大学生们更加了解家乡的现状及发展规划，也给这些大学生树立了回乡建功立业的信心。2018 年春节前夕，在组织举办露美村迎春游园活动中，文秀创新思维，将露美村原本生硬、枯燥、刻板的村规民约修改成生动有趣、朗朗上口、通俗易懂的“三字经”版本，还举办儿童诵读比赛，让小朋友们在愉悦的环境中熟知村规民约，这一举措得到了自治区方面的高度赞赏。

在那满镇采访的过程中，有一位比文秀年长的同事，她深情地讲述对文秀的记忆，并一度落泪。

她说，初识文秀是在一个阳光明媚的早晨，当时文秀笑靥如花，轻轻地跟这位同事说：“你好，我是文秀，2016 年的选调生，现在到那满挂职。”就这样，文秀来到了那满镇，迈出了到基层工作的第一步。

“我们所熟知的文秀，积极、乐观、开朗，浑身充满正能量，时常给身边的人带来欢乐和惊喜。

“我们所不知道的文秀，家庭负担重，父母亲身患重病，家庭条件并不宽裕，靠勤工俭学完成了自己的学业。

“我们所熟知的文秀，热爱生活，喜欢美食，喜欢健身，生活俭朴而充实。

“我们所不知道的文秀，来到那满后，积极联系并主动帮扶了 3 名贫困学生。”

那段日子，大家一起通宵达旦加班整理扶贫档案，文秀黑了眼圈，憔悴了面容，却依旧动力满满，嘱咐大家要劳逸结合。同时，在大家和文秀的共同努力和积极筹备之下，那满镇第一届干部职工运动会风风火火地办起来了。

这位同事也还记得在阴雨绵绵、冰冷刺骨的冬日里，文秀挽起衣袖到贫困户家里帮他们整理物品，打扫卫生，动作熟练得仿佛就像在自己家一样。

这位同事还想对文秀说："还记得我们的乐业县百朗蝴蝶谷的约定吗？我很想去看看，我想让那些在乐业山水间起舞的小精灵，给你带去我们最深情的祝福和最深刻的思念……"

4

青春融入扶贫一线

青春岁月，灼灼其华。

当一些年轻同志还在纠结于青春何处安放时，文秀已经把最美好的青春乃至生命，都奉献在脱贫攻坚一线。她作为年轻党员干部给我们树立了最好的榜样，她用实际行动为广大党员干部诠释了"黄沙百战穿金甲，不破楼兰终不还"的担当。

2019 年 7 月至 12 月，我 5 次奔赴百色市乐业县新化镇百坭村进行采访。

这里是文秀基层工作的第二站，也是全国脱贫攻坚主战场的前端，还是百色市扶贫的第一线。2018 年 3 月至 2019 年 6 月，在文秀担任新化镇百坭村驻村第一书记一年多的时间里，她为当地脱贫事业鞠躬尽瘁，她的热情、朴实、勇敢、乐观、真诚给当地干部群众留下了深刻的印象。在采访过程中，有一位镇领导跟我说起了文秀，他的语气中满含深情。

记得文秀刚到我们新化镇百坭村驻村时是一个稚嫩的小姑娘，在遍访贫困户的过程中，她遭遇群众的质疑，但她不惧困难，敢于挑战，双脚深扎百坭村的泥土，主动学习本地方言，很快就全身心地投入扶贫一线工作中。她心里装着群众，走遍全村所有的贫困户，了解群众衣食住行的情况，对照广西"八有一超"的脱贫标准，一一做好记录，还在笔记本中清楚地标记各家各户的位置和各户贫困户致贫原因及脱贫措施。

文秀也时常和我们一起探讨百坭村的脱贫攻坚工作，从交流中我们明显地感受到她工作一年多以来的变化，她从“新手”到“熟路”，从“稚嫩”到“成熟”，不变的是，她一直坚守在阵地上，带领村民们硬化道路、修建蓄水池、管护砂糖橘、种植油茶树、搞亮化工程……大家都亲切地叫她“文秀姑娘”。为了脱贫攻坚事业，她进一步融入村民，把自己变成当地一个地地道道的山里人、村里人，我也很佩服文秀能在短时间内快速转变角色，赢得群众的认可，倾情投入脱贫攻坚的工作当中。

她说：“只有扎根泥土，才能懂得人民。”她主动担起脱贫攻坚的使命，全身心地投入百坭村的脱贫攻坚的事业中。她心系群众，始终把群众利益放在首位，怀爱民之心，行为民之举，办利民之事，以公仆之心对待群众，真正做到权为民所用，情为民所系，利为民所谋。用美好的青春诠释了共产党人的初心和使命，谱写了新时代的青春之歌，同时也宣示了脱贫攻坚道路上不获全胜决不收兵的决心和信心。

5

导师郝海燕的生日

生日，总是伴随着欢快的祝福和喜庆的场面，可有谁的生日，会是在追悼会上度过的呢？

谁都不愿意啊！可是，她愿意！她从北京直接飞到广西，又马上乘车到百色，直奔自己学生的追悼会会场，在一片哭声中度过了她的 52 岁生日。

她是谁？

她，就是郝海燕，文秀就读北京师范大学时的硕士研究生导师。

6 月 22 日是郝教授的生日，这本是一个收获喜悦与祝福的日子。以往的这一天，郝教授一定会收到文秀和其他学生送的贺卡、鲜花，还有各种贴心的小礼物，耳边也会传来大家美好的祝福声。

然而，2019 年 6 月 22 日，对郝教授来说却是一个痛苦的日子，因为这一天，恰恰是她的学生黄文秀的追悼会。

一喜一悲，恰好是同一天！自己的生日在追悼会上度过，这是怎样的悲痛啊！这一辈子，郝教授做梦都想不到自己 52 岁生日这一天竟然如此地悲伤！这时的她面对着学生的遗像——黄文秀的遗照被百合、玫瑰和白菊围绕着，照片上的黄文秀身穿正装，戴着一副黑框眼镜，露齿笑着——此情此景，让郝教授禁不住失声痛哭起来……

这一天，过生日的郝教授眼前看到的不是笑容灿烂、活生生的文秀，而是在鲜花丛中化为骨灰的爱徒；耳边听到的也不是文秀唱起的生日歌，而是追悼会上的哀乐和众人的痛哭声！亦师亦母的她，何其伤感，何其悲痛！

2019 年 6 月 17 日之后的日子，郝教授每每想起文秀，满眼都是泪水，心如刀割，她感觉周围的光顿时都暗了下来，五彩的世界褪成了灰色……

郝教授自然也会想到文秀的家人，此时他们的心中会经受怎样的悲伤和痛楚？！得知文秀遇难的消息后，郝教授做的第一件事就是赶紧从北京赶往文秀的家乡百色，去看看文秀的家人。正巧，学校派人参加文秀的追悼会的名单中就有她……

深夜里，她含泪写下了当时的心情，诉说自己对文秀的所思、所想、所念、所盼：

文秀，我来了，来到了你的家乡。

广西、百色、百坭村，这些原来只是地图上的一个个坐标，霎时在我心中有了色彩，有了温度，有了情感……

我心中暗暗感叹，几年中的寒来暑往，你回趟家是多么不容易啊！

我们是坐飞机来的，下了飞机有专人接送。而你当年，形单影只，提着笨重的行李，火车、汽车、三轮车，再到步行，一路奔波……

这路途遥远漫长，劳乏艰辛，但一头连着你的父老乡亲，一头连着托载你的梦想和希望的高校——北京师范大学。

几年前，你从这里走了出来，学成后你又义无反顾地回到家乡，勇敢地投身到连男孩子都望而却步的扶贫攻坚第一线。

来到这，我居然幻想还能再见见你，再抱抱你，再搂搂你的肩，再握握你的手……

2019年6月22日，这一天郝教授正在参加文秀的追悼会，此时的她望着自己学生的遗像而感到痛彻心扉，因为她们此刻已是阴阳两隔。郝教授写下了自己悲痛的心情：

文秀，我曾有过很多再见面时的场景设想，但唯有这种方式是永远也不会想到的，再见亦是隔世。泪眼依稀中看到的是一面鲜红的党旗覆盖下的盛着你骨灰的白底兰花的瓷瓶。

你的同事们介绍，你遇难后已根本无法辨认，太惨烈了！只能靠指纹比对才能确认是你。我顿时感到撕心裂肺的痛，为何是你？为何你要遭受如此大的灾难？

问天？问地？问人？

你的人生虽然短暂，还没有享受到物质生活的舒适与丰足，也没有领略到爱情的甜蜜与绚烂，但正如你在入党申请书中所写："一个人要活得有意义，生存得有价值，就不能光为自己而活，要用自己的力量为国家、为民族、为社会做出贡献。"

郝教授非常牵挂文秀的亲人，参加追悼会后，她马上赶到文秀的老家，看望文秀的父母。来到文秀的家里一看，这位北京来的教授惊呆了——山坡上，这一砖一瓦垒起来的简陋的房子，真的是家徒四壁，啥也没有。屋子里是泥土、石灰和盖房时剩下的建筑材料，还有几把破椅子、旧凳子。她说：

> 我见到了你高大清瘦已患肝癌的父亲，我能感觉得到你的老父亲带领着你们全家老小辛辛苦苦撑起这个家的不容易，还有身有残疾、患有先天性心脏病的母亲把你们兄妹抚养成人的艰辛。你的父母手上、脚上全是胼子、开裂的老皮和辛勤劳作中留下的伤痕……
>
> 文秀，你遇难后，党和国家给了你各种荣誉，把你作为时代楷模，尤其是作为广大党员和青年人的榜样，这是因为你本就是他们中的一员，和他们息息相通，惺惺相惜，你做过的事，他们也都可以学习，可以做到……

郝教授在假期也很忙，她在北京，我在南宁，我们在电话里说的都是关于文秀的话题。回忆文秀的点点滴滴，郝教授经常陷入悲伤的情绪之中，我听得出电话那头的声音哽咽着，电话采访不得不中断。

2019 年 8 月 19 日，我的微信收到了郝教授的文字信息，我赶紧打开来看：

> 今天是 8 月 19 日——医师节，看到网上有人说："怀非凡的爱，做平凡的事。"
>
> 说得多好，秀啊，你不也是如此吗？
>
> 怀非凡的爱、非凡的志，做平凡的事、琐碎的事、日常的事。
>
> 这非凡的爱是包含着你对父母家人和父老乡亲的深深大爱，对家乡山山水水的无限眷恋，对中国传统民族文化的热爱与自豪……

这非凡的志是你想尽自己微薄之力，报效家乡，报效祖国的鸿鹄之志……而也正是这些平凡的事、琐碎的事、日常的事铸就了你的非凡与伟大，你用质朴的初心和热血，谱写了一首新时代的青春之歌。

在北京师范大学的老师和同学们的眼里，文秀其实是很平凡的学生，平凡到人们不太会注意到人群中的她，她像其他年轻人一样爱美、爱时尚、爱幽默耍怪、爱在朋友圈里晒日常。作为来自大山中贫困家庭里的平凡女孩，文秀普通得不能再普通了，但是在她身上又有着中华优秀传统文化中的善良、正直、积极上进和为公、为国、为民的无私奉献精神，以及“天下兴亡、匹夫有责”的责任与担当。所以，她从不抱怨、不逃避、不退缩，坚定勇敢地返回家乡、建设家乡、努力改变家乡贫困落后的状况和面貌，积极乐观地带领乡亲脱贫致富，把对父老乡亲的爱，对家乡和祖国的爱都融入平凡的生活和踏踏实实的工作之中。对此，郝教授强烈呼吁：这正是现在的一些年轻人所欠缺的，但这些品质和精神却也正是我们国家兴旺发达、实现伟大民族复兴中国梦所急需的！

第十四章

文秀，我们来了！

接任百坭村第一书记的杨杰兴说："我们一定要传承发扬好文秀的精神，完成她未竟的事业，全力推动百坭村如期实现高质量脱贫，代她走完扶贫'长征路'，这是对文秀书记最好的纪念和告慰。"

1

品尝文秀种下的果实

2020年，中国脱贫攻坚决战决胜之年。

如今的百坭村，情况怎么样了呢？

2020年元旦前夕，我和文秀的继任者杨杰兴取得了联系。作为百坭村新任的驻村第一书记，当我们询问百坭村发展的近况时，杨杰兴说他正在百坭村和乡亲们一同采摘文秀当年带领大家种下的砂糖橘，他兴奋地告诉我："我们村今年的砂糖橘大丰收了！"

后来，我收到他们寄来的砂糖橘，他们留言叮嘱："一定要尝一口文秀种下的果实！"我与同事和朋友们分享了文秀种下的胜利果实，嘴里尝到新鲜香甜的砂糖橘，心里涌起了无限感慨，更想念为乡亲们献出青春与生命的文秀。

地处大山深处的百坭村是一个深度贫困村，文秀曾在这里担任驻村第一书记，扶贫产业发展、基础设施建设、贫困户的脱贫，这些都是她非常牵挂的事。尽快让百坭村的贫困户脱贫奔小康，是她的责任所在，更是她的初心和使命！

她的努力没有白费，她的付出换来了百坭村的丰收。

春节前的一周，我们要录制一台名为"歌海元宵"的大型文艺晚会，其中有部分内容是关于脱贫攻坚和文秀的，根据节目内容需要，我提议请文秀的继任者杨杰兴到晚会现场做专访。杨杰兴同意了，之后他抽空来到南宁，于2020年1月8日至10日配合我们导演组录制节目。从2019年6月底到乐业县采访开始，我就和杨杰兴熟悉了起来。在他接替文秀成为百坭村的第一书记后，我们的联系更加密切了，我们在一起谈论的话题也总绕不开文秀这位可爱的姑娘。

2020年1月，杨杰兴书记比起2019年10月我与他见面时显得更黑一些、瘦一些，我能感觉到他肩上的担子是沉重的，当讲起文秀和百坭村时，他的话匣子就打开了。

其实这是一次特殊的采访，我根据我们之间的交谈，把他所讲述的内容和片段，尽可能完整地连起来。

“全村2000多亩砂糖橘，预计年产量200多万斤。”自2019年11月百坭村砂糖橘上市以来，“接棒”的第一书记杨杰兴就电话不断，很多都是和砂糖橘的销售有关。在时下流行的直播平台上，百坭村的砂糖橘同样很火。着眼产业发展，当地干部尝试起直播“带货”。参与直播的乐业县领导说，这种新的形式对地方发展产业很有启发，“2个小时就卖了2471单，接近1.6万斤”。

“目前，村里的砂糖橘已销售了三分之二，油茶和规模养殖的清水鸭也很火，全村产业实现大丰收。”即将迎来2020年春节，杨杰兴盘点着全村的产业账单。他手机上传来的信息显示，仅自2019年10月成立以来的百坭村扶贫电商平台，销售收入就突破20万元。

时间跨入2020年，新年伊始，百色传出通路的好消

黄文秀与贫困户一起采摘砂糖橘
（百色市委宣传部供图）

息：乐业县人民渴盼的百色至乐业的高速公路通车了！

经过4年共1400多个日日夜夜的连续奋战，施工队风雨无阻，劈大山、打隧道、架高桥、填土方，百色至乐业的高速公路终于全线贯通，串联起百色、凌云、乐业。这条高速公路建成通车后，乐业县到百色市的行车时间由5小时缩短为1.5小时，标志着国家扶贫工作重点县乐业县、凌云县不通高速公路的历史结束了，这也极大地改善了当地的交通条件。

这条高速公路同时也是贵州、重庆等地区通往广西沿海及东盟国家的重要通道，承担着西南出海大通道和“承东启西”的重要角色，对推进西部陆海新通道建设和西部大开发战略，加快百色革命老区、少数民族地区的扶贫开发，促进桂西旅游产业发展具有重要意义。

在上级的关怀和各个部门的通力协作下，文秀生前最牵挂的村屯行路难题，终于解决了！通车当天，百坭村村民抑制不住内心的喜悦，奔走相告！当年崎岖蜿蜒的山路，如今变成了可以通汽车的水泥大路，再也不会因道路不畅而阻隔大山深处的百姓发展产业、脱贫致富的梦想。

如今，从百坭穿村而过的二级公路也开通了，这条路将直接连上百色至乐业的高速公路，从百坭村到百色市的时间将比原来缩短一半，百坭村从此告别了多年以来的闭塞，成为四通八达公路网中的一环。

村干部们说："现在，我们的公路修通了，文秀书记可以放心了！"

在乐业县百坭村脱贫一线的干部与村民们表示，他们将不忘初心、牢记使命，冲锋的号角现在已经吹响，在坚决打赢脱贫攻坚战的道路上他们将奋勇前行。

元旦当晚，中央电视台播出的《新闻联播》里，接任百坭村第一书记的杨杰兴对央视记者说："听了习近平总书记的新年贺词，特别提到了黄文秀，我接过她的接力棒，将努力工作，踏踏实实为乡亲们办事，在脱贫攻坚一线继续加油干，用我们的辛勤汗水，让乡亲们的日子越过越红火。"

2

百坭新气象

百坭，我们来了！为了不断地追寻文秀的足迹，2020 年清明节期间我再次走向乐业县，走进春天里的百坭村。

走在海拔 1000 多米高的山路上，我迎着春风，来到百坭村，看到了百坭村村民们忙碌劳作的身影。在这片充满希望的田野上，为实现全村脱贫奔小康的梦想，村民们挥洒着汗水，做自己的追梦人。正如习近平总书记说的，“撸起袖子加油干”“幸福都是奋斗出来的”。

百坭村村民知道，不努力奋斗就对不起自己，更对不起文秀的真心付出。2019年10月10日，中共中央正式宣布追授黄文秀同志“全国优秀共产党员”称号的消息迅速传遍了这个小山村。现在，全村党员干部重走“文秀扶贫产业路”，深切缅怀黄文秀同志，学习她的感人事迹和精神，把榜样的力量转化为脱贫攻坚的强大动力，以更加昂扬的精神状态开展脱贫攻坚、乡村振兴工作。

文秀不幸遇难后，上级部门选派具有丰富农村基层工作经验的杨杰兴接过文秀的扶贫工作接力棒，杨杰兴于2019年7月到百坭村接任第一书记。上级组织还为百坭村驻村工作队配备了精兵强将：张德富，曾有连续2年驻在百坭村的工作经历，驻村工作经验丰富；黄应战，会说壮话，与群众沟通顺畅；谭天社，29岁的90后青年，是驻村工作队的“新鲜血液”。

“文秀书记对我们很好，经常入户了解并解决我们的困难。我们都相信她，支持她的工作。现在杨书记来接任第一书记，我们照样支持他！”得到村民们的信任，新到任的杨杰兴感到很多工作开展起来顺利了很多，这与此前文秀的群众基础牢固关系很大。“百坭村的群众朴实真诚，对文秀书记充满感恩之心，我们还有什么理由不做好工作呢？”

这次杨杰兴建议我们沿着村里新修的水泥路走一圈，他说：“感受一下我们的扶贫产业路，这是文秀生前最挂心的事。”

那条被文秀写进了驻村日记的砂石路，现在怎么样了呢？“在文秀的努力下，百坭村道路硬化纳入政府项目库，2019年12月底这条路已修缮完成。”杨杰兴说。

2019年10月11日，这天清晨，随着雄壮的国歌响起，百坭村举行“不忘初心、牢记使命”主题教育升国旗仪式，杨杰兴缓缓升起五星红旗。国歌唱毕，站在升旗台下的党员群众心潮澎湃齐声说道：“我们一定要继承文秀同志的遗志，继续奋战，完成她生前的心愿！”

接任百坭村第一书记的杨杰兴（左）在工作中（闭健辉／摄）

那天早上，当我走在文秀经常进村入户的屯级公路上，发现这条路现在已经变成水泥路，也加宽到可以通汽车了。远远看见村民在果园里干活，一阵秋风吹进了砂糖橘的果园里，阵阵清香扑面而来，树枝晃动发出沙沙的声响，仿佛在吟唱丰收的赞歌。“去年，文秀书记在果园指导我们抹芽控梢，大幅度提高了果实的质量和产量，帮助我们脱贫增收，真希望她还能再来看看……”摸着挂在枝头的果实，脱贫户梁家忠眼里泛着泪光。

驻村期间，文秀注重发挥基层党组织在脱贫攻坚中的战斗堡垒作用，不仅组织开展各类主题党日活动，还将“三会一课”等组织生活融入扶贫工作中，扎实推进抓党建促脱贫工作。“文秀为村子长远发展打下了很好的基础，我一定会代她走完扶贫‘长征路’。”杨杰兴说。

党建引领促发展，文秀引导党员致富带头人以“互助组”的模式，将分散的贫困户组成农事生产、家事活动、临时救助等互助小组，实现贫困户的自我管理、互相帮助、主动脱贫。“成立‘互助组’后，贫困群众的内生动力被激发，大家的生产积极性和收入不断提高。”村支书周昌战介绍道。

拿着文秀手绘的“民情地图”，杨杰兴逐一梳理每天的工作任务：“全村安全饮水和农业灌溉工程进度完成100%，22公里的产业路已建成使用。‘文秀幼儿园’正在规划建设中，完工后不仅能解决百坭村幼儿上学难问题，还可以照顾到相邻的谐里村、中合村的适龄儿童……”

如今，走进百坭村，感受到的不仅是村貌的变化，还有蓬勃的朝气和焕发出来的生机。目前，百坭村正火热开展“党旗领航·电商扶贫”和线下大卖场活动，通过打造“秀起福地”品牌文化、“秀起福地百坭村”电商平台，以“党支部+合作社+企业+农户”的运营模式，开发“秀”品牌系列产品，建立品牌标准化体系，引进专业公司进行市场化运营，获取市场订单进行销售，推动百坭村农业产业结构调整，开辟农民增收致富的新路径。

文秀的生命定格在30岁，却绽放出壮美的芳华，她的精神在百色大地上生根发芽、开花结果，激励着广大党员干部不忘初心、牢记使命，勇于担当、甘于奉献，在新时代的长征路上砥砺前行。

3

代她走完扶贫“长征路”

再次到访百坭村，我们从村民的话语中感受到村民们对文秀的满心怀念，也感受到村民们打赢脱贫攻坚战的干劲和信心。我看到了文秀精神在他们身上传承着，不断续写脱贫的新篇章。杨杰兴说：“我们一定要传承发扬好文秀的精神，完成她未竟的事业，全力推动百坭村如期实现高质量脱贫，代她走完扶贫‘长征路’，这是对文秀书记最好的纪念和告慰。”

杨杰兴介绍道：“百坭村是 2019 年的预脱贫村。2019 年 12 月百坭村的贫困发生率降至 1.79%，2020 年 3 月，根据自治区的文件批复，核定百坭村 2019 年脱贫摘帽。”新的一年，乐业县要如期打赢脱贫攻坚战，杨杰兴等基层干部不敢放松，但也充满信心：“我们百坭人决不后退，脱贫更不能让一个人落下！”

习近平总书记指出：“如期打赢脱贫攻坚战，中华民族千百年来存在的绝对贫困问题，将在我们这一代人的手里历史性地得到解决。”

鲁迅先生曾说：“我们自古以来，就有埋头苦干的人，有拼命硬干的人，有为民请命的人，有舍身求法的人……这就是中国的脊梁。”

文秀正是这样的中国脊梁，她扎根泥土，将青春热血都播撒在生长的故乡。在这场伟大的脱贫攻坚战中，有些人虽然走了，但他们会永远活在人们的心中。芳华虽短，却闪亮地绽放过，斯人已逝，馨香永存，精神长留，让我们代她走完这段艰难的扶贫“长征路”。

是的！面对深度贫困地区脱贫攻坚任务，百坭村与全国各地、各部门和社会各界一样，都在集中力量攻坚克难，奋战在脱贫一线的广大党员干部对工作难度大的县和村进行挂牌督战，已经脱贫和即将脱贫的群众正以只争朝夕的精神面貌改变着自身的命运。在这场人类历史上前所未有的反贫困斗争中，令世界惊叹的，不仅是精准施策、到户到人的扶贫措施，更是小康路上“一个都不能掉队”的上下同心、团结一致、众志成城、继往开来。

2020年这个鼠年春节非同寻常，突如其来的新型冠状病毒带来的疫情袭击武汉，湖北告急！全国告急！

自疫情发生以来，中国举国上下齐心协力，众志成城。在习近平总书记的领导和指挥下，我国第一时间汇集全国资源，采取最全面、最严格的防控举措迎击疫情。在战疫一线，广大医护人员成为中流砥柱，他们践行着医务工作者的仁心仁德，用逆行者的背影筑起了疫情防控阻击战的钢铁长城，争分夺秒地从病魔手中抢回了一条条生命，让全世界看到了这场战疫胜利的曙光。

作为一个负责任的大国，中国从一开始就及时向国际社会通报疫情信息，积极开展国际合作，与国际专家并肩作战，努力阻止疫情扩散，为全球公共卫生事业做出了重大贡献。

疫情将带来一系列的影响，那么，脱贫攻坚怎么办？

2020年3月6日下午，中共中央总书记、国家主席、中央军委主席习近平在北京出席决战决胜脱贫攻坚座谈会并发表重要讲话。党中央在关键时刻发出了号令，抗疫不松劲，战贫不停步！两个战场都是“硬仗”，战疫战贫都要赢！

广西作为脱贫攻坚的主战场，自治区党委和政府认真贯彻落实党中央和习近平总书记的重要指示精神，上下一心，顽强拼搏，两场“硬仗”都在八桂大地打响了！

来到百坭村，我耳边仿佛又听到了文秀生前那句铿锵的话语：“脱贫攻坚，不获全胜，决不收兵！”

青春的誓言，从这个乐观开朗、坚定自信的姑娘口中庄严地说出来，至今还在百色革命老区的红色土地上久久回响……

一个文秀走了，千千万万个“文秀式”的党员干部来了！他们万众一心加油干，越是艰险越向前，为决战决胜脱贫攻坚、全面建成小康社会，实现中华民族的百年奋斗目标而不懈努力，贡献青春的智慧和力量。

2020年脱贫攻坚决战决胜的冲锋号已经吹响！

是的，我们不负韶华，不负时代，携手努力，砥砺前行！

《永远的初心·黄文秀——八桂楷模发布仪式》现场10名第一书记优秀代表宣誓（李军／摄）

尾声

蝶之梦——唱给文秀听的歌

初心无悔，誓言无声，你将最美的年华，献给大地，献给了你深深爱着的故乡和亲人……

——林超俊

1

你从哪里来

你从哪里来，我神秘的朋友？

是从那冰封的土层下破土而出？

是从庄子的逍遥梦里翩然飘落？

是从故园开满鲜花的路上飞奔而来？

也许是，也许不是。

你就是你，你是那只在春天的阳光里破茧成蝶的幼蛹，在风雨中长成如今的翩翩美少女。

你来了，飞进我的窗口，映入我的视野。

你挥动着美丽的羽翼，款款而来，那么神秘，那么深邃，那么脱俗，一如冥冥中的某种神奇邂逅，继而相伴同行。

忽然有一天，你从我梦中飞走，离我而去。

醒来后，我竟已泪流满面，那一刻我终于明白，你已成为我生命中难以剥离的一部分。

蝶之梦，从此翅膀被撕碎，被噩梦折断……

啊，这只神秘的蝴蝶！

2

圆梦，总是艰辛的

圆梦，总是艰辛的。

因此，你总是那么忙碌吗，我的朋友？

你深深地眷恋着春天，因为你是春天孕育的生命，你就用整个生命热爱着春天，用美丽的衣裳和纯净的心，为春天编织美丽的日子，装扮七彩生活。

你的忙碌是默默的，悄悄的，没有蜜蜂的嗡鸣，没有夏蝉的喧嚣，更没有百灵鸟的歌唱——在花丛中你无声地忙碌着，挥动一对漂亮的羽翼，奔波于泥土之上。

对于奉献鲜花的大地，对于撒播阳光的春天，你就这样心怀一份感恩之情，尽管许多生灵已淡漠，甚至抛弃了这份情愫——感恩，可对于养育你的一切，你眷恋如故，感恩有加。

没有迷失方向，没有困惑，因为你心里装着你美丽的梦想！

3

你累了吗

你累了吗，我亲爱的朋友？

颤动的翅膀微微收拢，双脚轻落于花蕊，在缓缓的柔波里，你小心翼翼地握住鲜花的手，整颗心都陶醉了。花儿也陶醉得满园流香溢彩，从春天醉到夏日，又从夏日醉到春天。

这春天真好呀！你喜欢飞翔，就给你明媚的天空；你喜欢舞蹈，就给你芬芳的大地；你喜欢寻找，就给你一双顽强的翅膀……

你飞呀舞呀，多少次的物换星移，多少次的生命轮回。你总这样飞呀舞呀，不知要穿越多少风雨雷电，不知要跨过多少生死门槛，但你飞个不停，舞个不停。只要有一丝气息，你就要去寻找，再累情也愿，再苦心也甜，一直到生命的尽头……

假如没有那场突如其来的洪水，假如没有那个雷电交加的黑夜，假如没有大雨滂沱的雨季……

对于一贯勇往直前的你，不论哪一种假设，也都会被你忽略掉。当你意识到前方的需要，你就会向前冲，甚至奋不顾身。

4 你找到生命的花朵了吗

你找到生命的花朵了吗？我的朋友。

谁说你是轻飘飘的东西？

你的执着，你的专注，你下的苦功，

足以让那些自诩深邃的家伙无地自容。

生命即使短暂，但毕竟真实地活过一回，勇敢地活过一回，闪亮地活过一回，像闪电、像火柴照亮黑暗，或者像一滴水奔向大海。

命运即使坎坷，但毕竟属于自己的只有一次，勇敢地飞过去，就能寻找到那朵生命中的鲜花，她在高山那边悄悄为你开放……

看啊，原野上又飞来一群美丽的蝴蝶，它们找呀，寻呀……

每一天，你都在编织你五彩的梦，美丽的翅膀驮着美丽的梦，从来不知道什么叫作疲倦，不知道什么叫作享乐和满足……

5

你想过生命的尽头吗

你想过生命的尽头吗，我的朋友？

从蛹化为蝶，一个美丽的生命就诞生了。生命的过程其实很简单，简单得短暂，短暂得来不及一声叹息。

相比海龟，生命对于你——蝴蝶，太不公平了。长命的海龟沉入海底，于静寂中遥想人间的快乐，为了千年万年的寿辰，只好明哲保身缩头缩脚，双眼一闭万事大吉。

而你，自破壳而出之时到飞向远方，竟这么短促，短暂的时光里你仍一刻都不停歇，享乐对于你竟是如此奢侈。

单一和复杂，简短和长久，苦难和快乐，其实又有谁说得清、道得明呢？

在那个风雨交加的夜晚，你走了，像一朵鲜花随风飘逝；在那个自己熟悉的家乡，你走了，像一滴水回归大海；在那个脱贫攻坚主战场的第一线，你走了，像一名勇敢的战士，义无反顾，勇往直前……

死，也许你并不能料定；看淡了生与死，你才会尊重生命，珍视生命里的每一天，珍惜每一天里的每一分钟。因而你与伙伴们一起，勇敢地冲破黑暗，投入这个没有硝烟的战场，撸起袖子加油干，痛痛快快地去拼搏，用自己美丽的身体、用全部的爱来报答爱，用你满腔的青春热血，为生命划一道亮丽的彩虹。

6

其实，你怎么舍得走呢

其实，你怎么舍得走呢？你怎么舍得离开呢？

倒不是说你留恋这世上的功名利禄，留恋唾手可得的物质享受，而是因为你热爱这火热的生活，热爱自己的家乡，热爱家乡里的亲人，热爱脱贫攻坚战线上和你朝夕相伴、共同冲锋的伙伴和战友们……

人，也许有太多的压抑和痛苦，因而忧郁中的人们，总把许多的美好幻想寄托于虚无的梦，甚至人生最后的结局——走向彼岸，仍然要变成美丽的蝴蝶。

人类生命的尽头是什么，或许谁也说不清，而最美的莫过于成为你了，化成翩翩彩蝶，飞向自己为之奋斗的梦想和远方。

那么，你自己生命的尽头呢？

是鲜花？是风儿？是天空？是大地？——是精魂！

是舍弃一切利益的纯净，是返璞归真的朴实的美！

因为美，你成为一种永恒。

许多生灵都想让自己的生命不朽，而唯有你，真正拥有世间这份不朽，真正的不朽，永生永世！

7

有梦和追梦的人生

有梦和追梦的人生，才有永恒的美丽和魅力。你的生命不会有尽头，我亲爱的朋友！

那个洪水滔滔的夏夜，人们无法接受这样残酷的现实，这个世界都在为你流泪。

你年仅30岁的年轻生命，永远定格在了扶贫路上！

30岁，人生最美好的时光才刚刚开始，而你却与我们阴阳两隔，生命的刻度永远停留在30岁上。你的青春虽然短暂，却带给我们长久的震撼和永恒的感动，你“以青春之我，创建青春之家庭，青春之国家，青春之民族，青春之人类，青春之地球，青春之宇宙……”

以生命奉献于国家，国家不会忘记你，人民不会忘记你，历史不会忘记你，我们更不会忘记你！

你牺牲后不久，有一只美丽的大蝴蝶飞到你工作和居住的村部办公楼，久久徘徊，最后落定在村部门口的牌上……这令人惊叹的一幕，被前来采访的记者们及时抓拍到了。

亲爱的文秀妹妹啊，我们为你祝福，祈愿你就是那只美丽的蝴蝶，飞回到我们中间，不要离开我们，永远和我们在一起！

你一直很爱唱歌，爱弹吉他、弹古筝，自弹自唱，常常为村里的孩子和老人献唱……现在，我们要把心中的歌儿，唱给远方的你，请你听我们给你唱的歌——

你是那只美丽的蝴蝶，
舞动金色的翅膀，
告别城市的月亮，
飞到山村的小屋旁。
和山花一起绽放，
和百鸟同声歌唱。
小妹啊，
你是那只美丽的蝴蝶，
微笑着快乐地飞翔……

你是那只勇敢的蝴蝶，
穿越高高的山岗，
走过的路不论长短，
青春日记里没有悲伤。
和风雨在搏击，
和生命共芬芳。
小妹啊，
你是那只勇敢的蝴蝶，
用一生去追求梦想……

小妹啊，
你是那只美丽的蝴蝶，
微笑着快乐地飞翔。
小妹啊，
你是那只勇敢的蝴蝶，
用生命的芳华，
去践行初心与诺言，
用尽一生的热血，
去追求心中梦想……

文秀，你化作了那只美丽的蝴蝶，翩翩飞舞着……你是爱的化身，是美的精魂，你将留给世人永恒的回忆！

你将爱心的种子，撒播到人间的每一个角落！

初心无悔，誓言无声，你将最美的年华，献给大地，献给了你深深爱着的故乡和亲人……

有梦和追梦的人生，才有永恒的美丽和魅力（成明 / 摄）

你像清雅的兰花，兰谷遗芳远，神州美名传。

正如《感动中国 2019 年度人物颁奖盛典》献给你的颁奖辞：

有些人从山里走了，就不再回来，
你从城里回来，却再没有离开。
来的时候惴惴，怕自己不够勇敢，
走的时候匆匆，留下最美的韶华。
百色的大山，你是最美的朝霞，
脱贫的战场，你是醒目的黄花。

后记

凡事都有前因后果。

2019年6月，文秀因那次山洪暴发不幸遇难，媒体对此纷纷报道，此事引起了国内外的广泛关注。我远在德国留学的女儿看到相关的新闻报道之后，马上给我打电话说，她和国外留学的同学都被文秀的事迹感动了，建议我去实地采访并写一写文秀。当时，我也每天关注着与文秀相关的新闻，并通过百色老家的朋友了解详情，在这个过程中我也被文秀的事迹深深打动。

我动了撰写这本书的念头，是从聆听一场别开生面的主题音乐会开始的。2019年“七一”前的6月28日上午，广西音乐厅内红歌荡气回肠、余音绕梁，我和来自区直宣传思想文化系统的600多名党员干部，共同体验了一堂特殊的音乐党课。此次主题音乐党课紧紧围绕“守初心、担使命，找差距、抓落实”的主题教育总要求，号召全区宣传思想文化系统向自治区优秀共产党员、“八桂楷模”黄文秀同志学习，并精心遴选了一批传唱度高的红色经典歌曲。当最后一起合唱《不忘初心》时，我已泪流满面，唱着唱着，文秀的形象在我眼前跳动着，我仿佛看到她踏遍万水千山，依然“不忘来时路”，她能做到“生死相依，只为了那一句承诺”，在“鲜血浇灌出花开的国度”上，对于脚下的大地，她真心做到“报答你，是我唯一的倾诉”。

作为文秀的百色老乡，当时我就有前往文秀工作的地方进行实地采访的想法。在得到单位领导的同意后，6 月 28 日下午我就奔向革命老区百色，连夜赶到了乐业县，深入第一线采访文秀的先进事迹，从此开始了我艰辛而漫长的采访和创作之路。

一花一世界，一叶一追寻。

采访人物故事，通常都是与主人公面对面开始的。然而这次不同，我要去面对和追寻的这个女孩，她已经不在人世了。那么，我的所有追问只能另辟蹊径。于是，我就用上当年在法院工作办案时最原始的办法，逐一去实地探访、寻问。这期间因为还要上班，几乎没有外出的时间和机会，所以我只能把所有的节假日、双休日用上，不断地穿梭于南宁、百色、田阳、乐业、百坭村各地，在城市和乡村之间，从各个渠道挖掘线索，一遍遍地查访，一次次地探寻，从文秀的小学、初中、高中的同学和老师，一直到大学本科、研究生的同学和老师，从与她一起工作过的领导、同事，到村干、村民，尤其是她帮扶的贫困户，先后采访了几百人，记满了 12 本笔记，同时也积累了一批录音、录像、照片等资料，在疫情特殊时期不便外出时，我就通过电话、微信和视频等来采访相关人士。

10 个来月的采写过程，我始终在对自己发问：文秀是怎样的一个女孩？她的工作与生活是怎样的情形？她的内心是一个怎样丰富的世界？——当我第一次听到她的故事时，我脑海里就闪出这样的问题：如果是我，我遇到那种天气，会做出何种选择？假如哪一天我突然不在了，我能给这个世界留下什么？

30 岁，有的人正站在人生十字路口，徘徊、犹豫；有的人走到了人生转角，是回头，还是继续，对前方感到迷茫；有的人撞了南墙仍然不愿意回头……文秀放弃在大城市工作的机会，回到贫穷的家乡，投身于艰苦的扶贫事业中，义无反顾，忘我奉献——心中有阳光，脚下有力量，文秀就是这样的阳光女孩！

榜样的力量是无穷的。在文秀身上，我们看到了对理想与信念的绝对忠诚，看到了对初心和使命的不懈坚守，看到了青春最激扬的力量。我们更能体会到，要做成一件好事、践行一次信念或许并不难，难的是一直坚持下去，时时行，处处为。不断增强理想信念的引领，巩固社会主义核心价值观的根基，恪守道德准则的规范，校正逐梦前行的航向，定能不断锤炼品格、增进修养、提升境界，实现更加高远的人生追求。

伟大的时代孕育出伟大的精神，伟大的精神需要大力宣传与弘扬。面对像文秀这样鲜活的英雄，又是生于斯长于斯的地道广西壮族女孩，我怎么能不被其事迹与精神所感动？所以，当接到广西人民出版社的约稿邀请后，我毫不犹豫地答应创作这本书，以尽绵薄之力。在新时代宣传、弘扬黄文秀的精神，对于我们更好地坚守和践行忠诚、为民、担当、奉献的初心使命，具有迫切而重大的时代意义和实践价值。这，就是我努力采访、潜心创作这本书的内在动力和坚定初衷。

本书部分图片来自新华社、长治学院、百色市委宣传部等单位，部分图片由文秀的亲友、同事、同学等提供，在此表示感谢。另有部分图片来源辗转多方，虽经作者和出版方努力寻找对接，但仍未能及时与摄影者或版权持有人取得联系，请有关摄影者或版权持有人与作者或出版方联系，以便领取稿酬，在此一并表示感谢。

最后，感谢在这本书创作过程中做出积极配合和提供帮助的文秀的家人、朋友、同事、同学、老师以及新闻媒体等各界人士，感谢广西壮族自治区党委宣传部、广西文联、百色市委宣传部等单位在本书的创作过程中给予的指导和帮助，感谢广西人民出版社领导和编辑的鼎力支持。

2020 年 5 月 4 日写于百色